Deseo®

Heridas del ayer

Emilie Rose

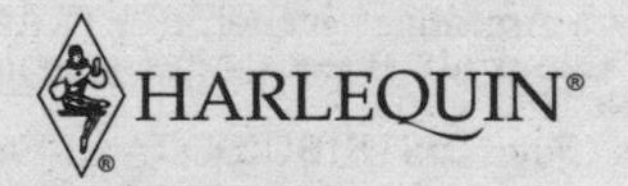

Editado por HARLEQUIN IBÉRICA, S.A.
Hermosilla, 21
28001 Madrid

HERIDAS DEL AYER, Nº 1406 - 7.9.05
Título original: Breathless Passion
Publicada originalmente por Silhouette® Books

I.S.B.N.: 84-671-3008-3
Depósito legal: B-33155-2005
Editor responsable: Luis Pugni
Composición: M.T. Color & Diseño, S.L.
C/. Colquide, 6 portal 2 - 3º H, 28230 Las Rozas (Madrid)
Fotomecánica: PREIMPRESIÓN 2000
C/. Algorta, 33. 28019 Madrid
Impresión y encuadernación: LITOGRAFÍA ROSÉS, S.A.
C/. Energía, 11. 08850 Gavá (Barcelona)
Fecha impresion para Argentina: 21.6.06
Distribuidor exclusivo para España: LOGISTA
Distribuidor para México: CODIPLYRSA
Distribuidores para Argentina: interior, BERTRAN, S.A.C. Vélez Sársfield, 1950. Cap. Fed./ Buenos Aires y Gran Buenos Aires, VACCARO SÁNCHEZ y Cía, S.A.
Distribuidor para Chile: DISTRIBUIDORA ALFA, S.A.

Capítulo Uno

Lily West entró como un huracán en la sede de Restoration Specialists Incorporated decidida a enfrentarse al canalla que había intentado embaucar a su hermano.

Si bien era cierto que gozaba de una notable reputación como empresa dedicada a adaptar edificios históricos para uso moderno, no era menos cierto que el contrato era una estafa que no podía aceptar si quería quedarse con la granja familiar.

Sus tacones resonaban sobre el suelo de madera mientras se dirigía hacia la barra de un bar del siglo XIX que hacía las veces de Recepción. Por el camino, no pudo dejar de admirar la forma en que la histórica fábrica de algodón había sido transformada en la moderna sede de la compañía. Ventanas altas. Abundancia de luz natural. Un lugar perfecto para las plantas. Pero allí no había ni una sola. Para una persona amante de la naturaleza, la habitación parecía desnuda.

No había nadie en el mostrador y el ordenador estaba apagado. Pero si el personal ya se había marchado a disfrutar de aquel largo fin de semana, ¿por qué la puerta principal estaba abierta?

Las cortas uñas de Lily tamborilearon sobre la pulida superficie mientras combatía su frustración. Si en los próximos treinta minutos no conseguía enmendarlo, Gemini quedaría sometida a los términos estipulados en ese contrato. El derecho de rescisión finalizaba ese mismo día a las cinco de la tarde. Condenado Trent que le ocultó el contrato hasta que fue demasiado tarde. Como era habitual, su hermano sólo se fijó en las generalidades y no en la letra pequeña.

Con los dientes apretados, examinó el edificio de tres plantas. Había luz en un despacho del segundo piso.

Lily subió la escalera de hierro forjado en forma de espiral.

Dentro del despacho iluminado había un hombre de amplios hombros y pelo corto de un rubio descolorido por el sol. Estaba inclinado sobre una mesa cubierta de archivos. Lily golpeó con los nudillos en la puerta abierta.

Él alzó la vista y ella contuvo la respiración. Un par de ojos azules la dejaron clavada en su sitio. Era un rostro maravilloso, desde la aristocrática nariz recta hasta los labios cincelados. Incluso era fabulosa la sombra dorada de la barba de las cinco de la tarde en el mentón cuadrado.

–¿En que puedo ayudarla? –preguntó con una voz profunda cuya vibración recorrió la espalda de Lily como la suave caricia de una rama de sauce.

«Cálmate», *Lily*.

–Soy Lily West, de la empresa paisajística Gemini Landscaping. Necesito hablar con alguien respecto a nuestro contrato con Restoration Specialists.

El hombre rodeó la mesa y se detuvo frente a ella. Lily tuvo que alzar la cabeza para mirarlo, gesto nada habitual porque era muy alta. El hombre era tan alto como su hermano, pero su cuerpo fuerte y atlético hizo que se sintiera pequeña y frágil.

Llevaba una camisa de batista con el logo de la empresa bordado en el bolsillo superior, vaqueros tan gastados como los de ella y botas de trabajo. Los músculos de los hombros delataban a un hombre habituado a los trabajos manuales, lo que significaba que no era el burócrata que ella necesitaba.

–Necesito hablar con alguien de la administración.

–Está hablando con la persona adecuada –dijo al tiempo que le tendía la mano, sin dejar de notar su mirada escéptica–. Soy Rick Faulkner, director del Departamento de Arquitectura y Diseño.

El nombre le era familiar y sin embargo, sabía que nunca lo había visto anteriormente. Cuando los largos dedos estrecharon los suyos, Lily tardó un instante en volver a respirar y, cuando lo hizo, una fresca fragancia a madera inundó sus fosas nasales.

Él la examinó tan atentamente como ella lo había hecho. Antes de encontrar su mirada, los ojos azules se desplazaron desde los cortos cabellos oscuros, que no habían visto un peine desde la mañana, hasta las gastadas botas.

Lily sintió que se le erizaba la piel y lamentó no haberse maquillado, aunque nunca lo hacía. Incluso maquillada sabía que nunca tendría lo que se necesitaba para atraer a un hombre tan fabuloso como ése.

–¿Algún problema, señora West?

La pregunta le obligó a reparar en el hecho de que su mano todavía reposaba en la mano cálida y áspera del hombre y que la piel le quemaba. Lily la retiró con un cosquilleo de excitación en la espalda.

–Este contrato apesta como el estiércol. Quiero que se enmiende o, de lo contrario, habrá que romperlo.

«Muy bonito, Lily. Vas a impresionar al tipo hablando de estiércol. No me sorprende que los hombres no se agolpen ante tu puerta».

La sonrisa impresionante del hombre, como tuvo que admitir de mala gana, dejó al descubierto una hilera de blancos dientes y un destello en los ojos azules que pusieron en peligro la estabilidad de sus rodillas.

–¿No quiere tratar con nosotros?

–No, si tengo que pagar sobornos.

Los ojos del hombre se entornaron, súbitamente serios.

–¿No es un contrato equitativo?

–Ni mucho menos.

–¿Es ése? –preguntó en tanto indicaba los documentos que ella estrujaba en la mano.

Lily desenrolló los papeles antes de tendérselos.

–Sí. He subrayado las partes discutibles. El tipo

que lo hizo añadió todo tipo de pequeños detalles de modo que el trato no reporta ningún beneficio a nuestra empresa.

Apoyado contra el escritorio, el hombre inclinó la cabeza sobre los documentos, y los ojos de Lily se posaron en los flexibles músculos de los muslos y en la descolorida tela vaquera en otros sitios interesantes.

«Deberías avergonzarte, Lily».

De inmediato desvió la atención hacia objetos más apropiados como la mesa de dibujo y las estanterías cargadas de libros de arquitectura. Algunas pinturas exclusivas colgaban de las toscas paredes y los muebles eran de excelente calidad. No había punto de comparación con su modesta oficina.

–¿Por qué no se sienta, señora West, y me da unos minutos para estudiar esto?

Cuando ella se hubo acomodado en una silla de roble junto a la ventana, él abrió uno de los archivos que había sobre la mesa y sacó un documento. Con un largo dedo recorrió una columna de números, luego hizo una pausa con el ceño fruncido y volvió al principio de la columna.

Como el polen a la abeja, la amplia ventana que ocupaba toda la pared externa atrajo la atención de Lily, acostumbrada a pasar la mayor parte del día al aire libre. La vista espectacular del centro de Chapel Hill y las colinas que circundaban la pequeña universidad podrían proporcionarle una sensación de libertad por un rato.

Era el último día de agosto, pero ya lo árboles empezaban a amarillear debido a la sequía del verano. En un mes más, las colinas se verían inundadas de tonos amarillos y anaranjados y, si tenía suerte, pronto se ocuparía en labores que generaba el otoño, como rastrillar hojas y podar los árboles. Desde el año anterior, a partir de la muerte de su padrastro, todos los trabajos eran indispensables, pero no abundaban contratos con empresas como la Restoration Specialists, aunque empezaba a darle quebraderos de cabeza. ¿En qué estaría pensando Trent?

–¿Manipuló usted este contrato?

Ella se volvió y sus ojos se encontraron con la perturbadora mirada azul del arquitecto, fija en ella.

–Desde luego que no.

Él asintió y volvió al documento.

Lily apartó la mirada de los rubios cabellos de surfista y leyó el diploma que había en la pared. Faulkner. Al fin comprendió por qué el nombre le era familiar.

–¿Usted es el niño del dueño de la empresa? –preguntó con una ligera ironía.

–Tengo treinta y cuatro años; demasiado mayor para ser un niño, pero sí. Mi padre es el director ejecutivo de Restoration Specialists Incorporated.

No era de extrañar que Broderick Faulkner III no llevara traje. Los reglamentos y normas de vestimenta no se aplicaban al hijo del propietario, aunque sin duda Rick era lo suficientemente brillante para haber obtenido el título de arquitecto.

–Esta mañana nuestro director de contrataciones salió de vacaciones por dos semanas. ¿Desea que anule este contrato o prefiere renegociarlo? –dijo, finalmente.

Gemini necesitaba hacerse cargo de ese trabajo. Con mucha urgencia.

Lily se inclinó en el asiento con las manos en la rodillas.

–Me gustaría trabajar para su empresa, señor Faulkner, si llegamos a un acuerdo.

Él puso las manos sobre la mesa. Eran manos competentes, de largos dedos y uñas esmeradamente recortadas.

–¿Sus condiciones son las que aparecen escritas en los márgenes del contrato?

–Sí.

Sin discutir, puso sus iniciales y la fecha bajo las modificaciones que Lily había hecho y luego avanzó hasta la última página.

–¿Trent West es su marido?

–Es mi hermano y mi socio.

Trent se había sentido deslumbrado al saber que Gemini obtendría la exclusividad de los proyectos locales de la Restoration Specialists por dos años y no se fijó en las partes conflictivas del contrato.

–Su hermano debería ser más cuidadoso y si es su socio, usted también –comentó el arquitecto al tiempo que empujaba los papeles hacia ella y le ofrecía su pluma estilográfica. Los dedos se tocaron. Lily sintió una descarga eléctrica en el vientre que le quitó el aliento y la pluma cayó sobre la mesa. «No pertenece a tu clase, Lily».

–Todos deberíamos andar siempre con pies de plomo, ¿no le parece? Algunas cosas son demasiado buenas para ser ciertas.

–Es un pensamiento bastante amargo para una persona tan joven. Ponga sus iniciales y la fecha en las modificaciones, por favor –pidió al tiempo que recogía la estilográfica y se la entregaba.

–Tengo veinticinco años y aprendo rápidamente –comentó mientras obedecía las instrucciones. Luego se sentó para estudiarlo atentamente. La corrección del contrato había resultado demasiado fácil. De acuerdo a su experiencia, los tipos ricos nunca aceptaban la responsabilidad de sus errores. Allí tenía que haber una trampa–. ¿Está seguro de que tiene autorización para hacer esto?

Los labios del hombre, fabulosos por cierto, adoptaron una expresión de firmeza.

–Se lo llevaré inmediatamente a mi padre.

Ella inclinó la cabeza para ocultar una expresión burlona. De acuerdo, el papaíto llevaba las riendas del negocio. Probablemente Rick no era nada más que una figura decorativa con un título. Una estupenda figura decorativa.

–¿Me he perdido algo?

Ella alzó bruscamente la barbilla.

–¿Como qué?

Él unió los dedos y se reclinó en el asiento.

–Tiene un rostro muy expresivo.

Ella le devolvió la mirada.

–Me preguntaba si no debí haber negociado directamente con su padre –respondió con sinceridad–. No puedo decir que esté dispuesta a confiar otra vez en el hombre de los contratos.

Con el rostro endurecido, Rick se inclinó repentinamente hacia adelante y Lily sospechó que lo había ofendido.

–Mi padre estará fuera de la ciudad hasta el martes. Espero que recuerde que el lunes es festivo. O trata conmigo o cancelamos el contrato y lo vuelve a negociar con mi primo, el contratista, que estará de vuelta en dos semanas más, como ya le dije.

–Trataré con usted.

Rick se levantó y le tendió la mano. Lily se puso de pie, pero vaciló un instante. No deseaba volver a tocarlo y no porque le repugnara, sino exactamente por lo contrario. Rick Faulkner era demasiado apuesto. «Elige a los de tu propia clase, Lily, o te destrozarán el corazón», siempre le había dicho su madre.

–Necesito sacar una copia de las modificaciones para nuestro archivo.

Con las mejilla encendidas, Lily le entregó los papeles.

–Desde luego.

El teléfono sonó.

–Rick Faulkner –dijo con brusquedad. Luego hizo una mueca–. Discúlpame –añadió. Lily se volvió hacia la ventana para no invadir su intimidad–. No, no he olvidado la fiesta –dijo con un irresistible tono aterciopelado. Sorprendida por el súbito cambio de tono, y más aún por su propia reacción, Lily lo miró por encima del hombro con el pulso acelerado–. Sí, llevaré a una amiga.

No, no te diré quién es... No, no la conoces –añadió con unos gestos que delataban su tensión–. Ahora no puedo hablar. Estoy con un cliente. Te llamaré más tarde, mamá –concluyó. Mamá. Citas. Estrés. Sí, la historia de su propia vida, pensó Lily. Tras cortar la comunicación, Rick se pasó los dedos por los mechones dorados–. Perdone la interrupción. Deme un minuto para hacer las copias.

–¿Una madre casamentera?

La breve risa sonó más exasperada que divertida y su mueca irónica la dejó sin respiración.

–Sí, y es implacable en su demanda de nietos.

Lily arrugó la nariz en señal de simpatía.

–Yo también tengo una igual y hace falta un buen juego de piernas para evitar las trampas. En este momento me siento de vacaciones ya que mi madre pasa un par de meses con una amiga, en Arizona. No me interprete mal. La quiero mucho, pero es increíblemente agradable llegar a casa al finalizar la jornada y no encontrar al sobrino del primo de alguna amiga suya mirándome fijamente durante la cena. Las citas a ciegas son una peste.

«Al hombre no le interesa tu lastimosa vida sentimental. ¿Por qué hablas tanto?»

Con los ojos entornados, el hombre le dirigió una mirada evaluativa que le alteró el ritmo cardíaco.

–¿Qué planes tiene para dentro de dos sábados?

La sorpresa le hizo dar un respingo.

–¿Yo? ¿Por qué?

–Dentro de dos semanas mi padre celebra una fiesta con motivo de su jubilación. Necesito una acompañante que sepa eludir el asedio de madres casamenteras. Y me parece que usted es la persona indicada.

Lily sintió que se le encogía el estómago, pero la realidad la llevó a poner los ojos en blanco.

–Claro, como si yo pudiera encajar en su mundo.

La mirada de Rick recorrió desde los cabellos alborotados hasta las botas de trabajo y luego retornó a los ojos. Lily sintió un repentino calor hormigueante en la piel al tiempo que maldecía no haberse peinado esa mañana.

–¿Y por qué no?

Antes de poder evitarlo, ella dejó escapar una risa incrédula.

–Suelo llevar ropa de tela vaquera y mucha suciedad. Sus distinguidas amigas llevan ropa de diseño y diamantes.

Él arqueó una oscura ceja dorada.

–¿Y cómo lo sabe...?

Porque ella leía religiosamente las columnas de sociedad de Chapel Hill para enterarse de todas las noticias relacionadas con un hombre que fingía ignorar su existencia.

–Conozco a los de su clase.

–Detecto una especie de esnobismo a la inversa, ¿o no, señora West?

–Nada de eso. Sólo la dura realidad.

–Uno construye su propia realidad. ¿Qué me dices, Lily? ¿Quieres ser mi pareja en la fiesta de mi padre?

–De ninguna manera, señor Faulkner. Por lo demás, ni siquiera tengo un vestido adecuado.

–Me llamo Rick y te compraré uno.

La sorpresa la hizo retroceder. «No, de ninguna manera».

–No.

Un destello desafiante iluminó los ojos de Rick.

–¿Tienes miedo de enseñar las piernas?

Ella alzó la barbilla.

–Tengo unas piernas formidables. Mi gato siempre me lo dice ronroneando cuando se frota contra mis extremidades.

La risita del hombre la agitó hasta el extremo de sentirse tentada a tirar toda su cautela por la borda.

–Acompáñame a cenar esta noche y así me darás la oportunidad de hacerte cambiar de opinión.

Su encanto la arrolló como una ola, pero Trent y ella eran la prueba viviente de la clase de problemas que podían causar los tipos ricos y demasiado atractivos. Un repentino pensamiento le erizó los cabellos de la nuca. Entonces puso la silla entre ellos y se aferró al respaldo hasta que le dolieron los nudillos.

–¿El contrato depende de mi aceptación?

–Por supuesto que no –replicó al instante–. Sígueme.

Rick la condujo a otra habitación donde sacó un par de copias del contrato y le tendió una.

–Ya tienes tu contrato, firmado, sellado y entregado en mano. Y ahora, ¿quieres acompañarme a cenar, Lily?

–No voy vestida para el Top of the Town –replicó con el corazón latiéndole más de prisa. Había nombrado el restaurante más prestigioso de la localidad, un lugar frecuentado por personas como él. ¿Por qué un hombre proveniente de una de las más antiguas familias de Chapel Hill querría salir con ella? ¿Y qué mujer en sus cabales rechazaría a Rick Faulkner? Una que no quisiera dolores de cabeza.

–Hay un asador junto a la vía férrea, en Highway 86, y no se preocupa por la vestimenta de sus clientes.

La boca se le hizo agua al oírle mencionar su restaurante favorito, pero vaciló por un par de razones. La primera, aquel restaurante también había sido el favorito de Walt, su padrastro y no había estado allí desde que falleció. La segunda, como hija bastarda de un multimillonario, había aprendido muy duramente que la gente pudiente y los otros nunca se mezclaban en esa pequeña ciudad universitaria.

–Nunca mantengo relaciones personales con mis asociados.

–Pero esto es un negocio. Te lo explicaré durante la cena. ¿Hay alguien además del gato que te espere en casa?

Desilusionada, se mordió la parte interna del labio. Así que el interés del hombre era puramente comercial

–No, pero te advierto que no me vas a hacer cambiar de opinión respecto a la fiesta de tu padre.

Un destello desafiante iluminó los ojos de Rick.

–No serías capaz de condenarme a comer solo, ¿verdad?

Ella dejó escapar una exclamación incrédula.

–No digas eso. Apostaría a que con sólo una llamada telefónica, en cinco minutos tendrías un rebaño de mujeres ante tu puerta.

–La única fémina con la que como regularmente es con mi perra, pero Maggie pasará la noche en la clínica veterinaria porque hoy le han extirpado los ovarios. Mi casa está vacía.

Maldición. Nadie podía resistirse a un tipo que amaba a los animales.

–Sólo la cena.

–¿No tomarás postre?

–Sólo el del restaurante.

Su sonrisa juvenil profundizó las líneas de la risa en las comisura de los ojos y de la boca. A Lily le flaquearon las piernas.

–De acuerdo. Déjame archivar estos documentos.

Rick puso el contrato en una carpeta y después lo guardó con llave en un cajón del escritorio.

–Mi furgoneta está afuera.

–Mi camión también –replicó ella.

–¿Piensas llevarme al restaurante?

–Lo conozco. Nos encontraremos allí.

Su madre no había criado hijos tontos. Si no conoces a un tipo no te subes a su coche aunque el tipo sea de muy buena familia.

–¿Vas a insistir en compartir la cuenta también?

Ella se encogió de hombros.

–Puede ser. Depende de si tu proposición comercial es legítima.

Sin más, empezó a bajar la escalera y en la entrada esperó que él cerrara la puerta con llave. Tenía que estar loca para haber aceptado salir con él. Pero, por otra parte, ¿qué daño podría hacer una cena? La casa vacía y un bocadillo de mantequilla de cacahuete no le atraían para nada. Además, cuando su madre la llamara podría decirle que había cenado con un hombre. Así la mantendría tranquila por lo menos durante un mes antes de que sus amigas se dejaran caer con sus sobrinos a la zaga.

Estaría a salvo mientras recordara que una cena sería lo único que compartiría con Rick Faulkner. Y en cuanto a su invitación para la fiesta del padre, eso nunca sucedería.

Lily West no podía ser más diferente a las sofisticadas mujeres que él frecuentaba.

¿Qué era lo que lo atraía de ella?

Rick se reclinó en el asiento, bebió un sorbo de té helado y estudió a la mujer sentada frente a él. Era bonita, como una chica corriente podía serlo. El color caoba de sus cortos y brillantes cabellos, los gruesos labios rojos y la piel de melocotón eran naturales. Las largas pestañas sin rímel sombrearon sus mejillas mientras desenrollaba la servilleta de papel y ponía los cubiertos a un lado. Sus esbeltos dedos eran graciosos aún sin el beneficio de las uñas artificiales que llevaban muchas de sus amigas. Sus únicas joyas eran un par de pequeños pendientes de oro y un modesto reloj de hombre. No llevaba perfume.

Lily West era una mujer práctica, natural y con buen apetito. ¿Por qué esa combinación le hizo pensar en piel desnuda, sábanas desordenadas y dulce y cálido sexo?

«No vayas por ahí, Faulkner».

Ella alzó la vista y lo sorprendió observándola.

–¿Por qué esa fiesta es tan importante?

Él comió un trozo del bocadillo de carne y sopesó su respuesta mientras masticaba.

Al objetar el contrato, inadvertidamente Lily le había proporcionado un arma. Pero era un solo contrato y él necesitaba muchos más o su astuto primo encontraría el modo de culpar a otros, como ya era habitual.

La lista de quejas de Lily eran dignas de consideración aunque insignificantes comparadas con la abultada factura que Alan había sometido al consejo de administración esa misma mañana. En la reunión, su primo informó que se había comprometido a pagar a la empresa de Lily miles de dólares más que la cantidad estipulada en el contrato que ella había llevado. ¿Había más contratos sucios?

Si era así, ¿cómo podría acceder al archivo de Alan para encontrarlos? ¿Qué diría su padre si se filtraba la noticia de que Alan se estaba embolsando dinero de la compañía? Broderick Faulkner, Jr. insistía en guardar las apariencias.

Maldición, la única forma de poner a su primo entre la espada y la pared era una confesión, pero eso era tan improbable como una nevada en julio, en Chapel Hill, Carolina del Norte.

–Se supone que mi padre va a nombrar a su sucesor durante la fiesta.

–¿Y tú quieres ser el elegido? –preguntó al tiempo que retiraba un poco de miel de los labios con la punta de la lengua.

Con gran sorpresa, Rick comprobó que la visión de la lengua húmeda y rosada le alborotaba las hormonas. Nunca había tenido pensamientos lujuriosos relacionados con una asociada. Maldición, a decir verdad, hacía muchos meses que ninguna mujer se los había provocado.

Tras un sorbo de té helado se removió en el asiento.

–Sí, quiero sustituir a mi padre como director ejecutivo de la empresa.

–¿Y no es algo seguro?

–No. Hace cincuenta años mi abuelo fundó la compañía. A su muerte, la empresa se dividió entre mi tía y mi padre. Hace cuatro años, mis tíos se retiraron a vivir a la costa dejándonos a mi primo y a mí en igualdad de condiciones para una promoción.

Alan no era el hombre adecuado para el puesto. Rick sí lo era. Su abuelo había empezado a prepararlo cuando aún era un mozalbete y antes se colgaría que permitir que Alan se posesionara del cargo, arruinara el negocio y acabara con el sueño del abuelo.

–Seguramente cuentas con el favor de tu padre, ¿no es así?

Rick dejó escapar una risa ácida, roído por su viejo dolor.

–Mi padre antepone el dinero a todo –comentó. Era una lección que había aprendido duramente en su infancia–. Elegirá a cualquiera que él piense que aportará más beneficios a la empresa o que crea que es más estable.

–¿Qué entiendes por estable? –preguntó al tiempo que chupaba un trocito de dulce de un dedo.

Al ver el gesto, Rick sintió una punzada en la ingle.

«Vamos, Faulkner. Cálmate. Nunca te has entregado a la caza de una mujer contra su voluntad y tampoco sueles mezclar los negocios con el placer». Aunque Lily lo tentaba a hacer ambas cosas.

–Estar casado.

–Vaya. Ya es suficientemente malo tener a tu madre cantando esa canción para que tu padre le haga coro.

–Sí.

Pero su madre creía en el amor y su padre en alianzas convenientes. «Elige con la cabeza y no con el corazón. El amor no tiene lugar en un contrato tan importante como el del matrimonio».

Hasta donde llegaban sus conocimientos, su padre no amaba a nadie. Y como pasaban los años y ninguna mujer había cautivado su corazón, Rick pensaba que podía ser tan insensible como Broderick, Jr. Todos los fracasos sentimentales de su pasado reforzaban el argumento. No había lamentado ninguno de ellos.

–¿Tu primo está casado?

–No, pero ha mantenido una relación estable.

–¿Y tú no?

–No –contestó. Se había cansado de las mujeres que deseaban casarse con la fortuna de los Faulkner más que con él–. ¿Qué te llevó a formar una sociedad con tu hermano?

La tristeza oscureció los ojos marrones de Lily.

–Mi familia posee una granja en Orange County. Hace dieciocho meses el tractor de mi padrastro se volcó y lo mató instantáneamente. Mi madre no quiso abandonar el hogar que habían compartido. Trent y yo nos titulamos como horticultores y pagamos nuestros estudios universitarios trabajando para empresas paisajísticas locales. Tras la muerte de Walt renunciamos a nuestros respectivos empleos y, tras reunir nuestros recursos económicos, montamos una empresa en la granja familiar.

–¿Y cómo funcionan los negocios?

–Bien, aunque con muchas dificultades. El primer año de una empresa siempre es difícil –comentó al tiempo que alzaba la barbilla. Rick no pudo dejar de observar la suave y graciosa línea del cuello. Lily era alta. La holgada camisa de algodón y los tejanos insinuaban algunas curvas, pero no podía estar seguro

En todo caso, su respuesta aclaró a Nick lo que necesitaba saber. Después de todo, se parecía a las mujeres que había conocido. Necesitaba dinero y la única lección que su padre le había martilleado en el cerebro era que cada cual tiene un precio. Si ése era el caso, todo se reduciría a descubrir cuánto tendría que invertir para convencer a Lily West que fingiera ser su novia para ayudarlo a desenmascarar a su primo.

Rick se inclinó sobre la mesa y la miró al fondo de los profundos ojos oscuros.

–¿Qué se necesitaría para convencerte de que fueras mi pareja en la fiesta, Lily? Dime cuál es tu precio.

Capítulo Dos

Lily parpadeó mientras saboreaba el último trozo del aro de cebolla.

–¿Intentas sobornarme?

Rick se revolvió en el asiento.

–No exactamente. Como te dije, éste es un asunto de negocios. Necesito tu ayuda y estoy dispuesto a pagar por tus servicios, no en dinero, pero sí en la ropa y joyas que vas a necesitar.

–¿Por qué tendría que ayudarte a mentir a tus padres?

Considerada de esa manera, la idea no parecía tan buena.

–Porque has visto la clase de negocios que hace mi primo. Si me ayudas a arrancarle una confesión, no podrá acabar con la empresa.

–¿Una confesión? ¿Y como recompensa por enfrentarte a tu primo, y tal vez provocar una escena desagradable, tú consigues un ascenso y yo un vestido nuevo? –preguntó en un tono cargado de sarcasmo.

–Yo me encargaré de todo lo relacionado con tu arreglo personal. Ropa, peluquería, maquillaje, en fin, los trabajos que haya que hacer.

–¿Es que necesito que me hagan trabajos? –preguntó con una dura expresión.

Con una mueca, Rick maldijo su torpeza.

–La fiesta de jubilación es un baile formal. Sólo haría falta un... barniz para hacer de ti una compañera creíble.

–Pulir lo que no posee Lily la paisajista.

–Eres una mujer atractiva. Y como te he dicho, no haría falta demasiado para convertirte en una pareja convincente a los ojos de mis padres.

–Gracias, Rick. No recuerdo haber recibido un insulto más lisonjero –dijo al tiempo que se levantaba del asiento. Rick no advirtió el temblor de sus dedos cuando le vació el té helado en los pantalones–. Tú pagas la cuenta.

–Lily...

Pero ella ya había girado sobre sus talones y salía precipitadamente del local. Con la cara encendida, Rick notó la sonrisa de algunos comensales. Después de dejar dinero en la mesa, salió a grandes zancadas tras de Lily.

La encontró junto a su camión. La fresca brisa que helaba la mancha en sus pantalones también moldeaba la tela de la camisa sobre la generosa curva de sus pechos.

–Lo siento. No he sabido expresarme adecuadamente.

–Basta de tomaduras de pelo. Apostaría a que nadie podría acusarte de ser el Príncipe Gentil.

Con una mueca, Rick se pasó la mano por el pelo.

–Déjame explicártelo. Apenas sabía andar cuando empecé a seguir a mi abuelo por las secciones de la empresa. Demonios, incluso me paseaba en triciclo por los pasillos. Cuando cumplí catorce años, me dio el primer empleo remunerado y me labré un camino, desde barrer la empresa hasta mi posición actual. Hace cinco años, cuando mi primo Alan suspendió el examen para entrar en Derecho, mi padre le dio un empleo. Conozco la empresa mejor que mi cara. Conozco la visión y los planes para el futuro de mi abuelo y comparto su creencia de que los antiguos edificios forman parte de la Historia y hay que preservarlos. Alan no piensa así. No puedo permitir que todo se destruya sólo porque mi padre se dedica a hacer juegos mentales conmigo.

–¿Juegos mentales? –preguntó Lily, en tono escéptico.

–Le gusta subir el listón de sus exigencias cada vez más alto para ver si puedo saltarlo. Esta vez se supone que debo presentarme con una mujer adecuada o arriesgarme a que papá tire por la borda mi labor de veinte años.

–¿Y por qué no se lo pides a una de tus novias? –preguntó con una mirada de simpatía.

–Porque cualquiera de ellas haría causa común con mi madre y acabaría con una esposa.

Ella puso los ojos en blanco.

–Un destino peor que la muerte,¿verdad? Rick, enseña a tu padre el contrato que me hizo tu primo y cuéntale lo que sucede.

–Mi primo es muy astuto. Siempre sale airoso de sus múltiples problemas. Lo que no te conté en la oficina es que cuando comparé la oferta que Alan presentó al consejo de administración con la cantidad que se comprometió a pagar a tu empresa, tu contrato estipulaba una cantidad de cinco mil dólares menos.

Lily se puso rígida.

–¿Intentas decir que ese bribón intentó engañarnos? ¿Que decidió meterse en el bolsillo nuestro dinero? –preguntó con los ojos cargados de ira.

–Eso es exactamente lo que estoy diciendo. Revisaré los archivos de Alan en busca de más discrepancias entre los contratos y las ofertas, pero no podría asegurar que haya dejado algún rastro. Mi primo es deshonesto, pero no estúpido. No me sorprendería que haya pedido a tu hermano que firmara dos copias del contrato, una con los honorarios correctos y la otra con las cifras abultadas.

–Así fue, en efecto. Trent me contó que había firmado dos copias. No le gustó, pero tu primo le aseguró que era un procedimiento...

–Corriente en la empresa –Rick acabó por ella–. Y no lo es. Maldición, si Alan se está cubriendo las espaldas va a ser difícil atraparlo.

–Trent no consiguió una copia del segundo contrato porque tu primo le dijo que eran idénticos. .

–Ayúdame en esto, Lily. Es posible que mi primo esté cometiendo un fraude con los contratos y si es así, sus delitos podrían acabar con la empresa.

–¿No podrías denunciarlo a la policía?

–No. La reputación es lo único que mi padre valora más que el dinero.

Rick notó que Lily se había suavizado.

–Lo siento, Rick –dijo con un suspiro que se le escapó de los labios entreabiertos. Una ola de excitación sorprendió a Rick con la guardia baja–. Reconozco que estás en un aprieto, pero creo que sería mejor que busques a una persona más adecuada para el papel de tu fingida compañera sentimental –declaró al tiempo que se volvía para abrir la puerta del vehículo, pero Rick se lo impidió.

–Vamos, Lily. Todo lo que te pido son unos pocos días de tu tiempo. Te quedarás con vestidos y joyas hermosas. Sería una especie de proyecto... Cenicienta.

Ella se volvió con la barbilla alzada. La mirada de Rick se concentró en su boca de ciruela y se preguntó cómo sería su sabor. ¿Haría el amor tan apasionadamente como abordaba los obstáculos?

–¿Días? ¿Hemos pasado de una cita a días? ¿Y tú vas a ser mi hada madrina? –preguntó entre risas.

–Tendríamos que vernos con el fin de planear una estrategia para atrapar a Alan y también ir de compras.

–¿Ni siquiera confías en que sepa elegir un vestido adecuado?

Rick se mordió una maldición.

–Sé los que mis padres esperan ver. Y por otra parte, tengo que pagar las facturas.

–Esto se vuelve cada vez más desatinado. No puedo decir que haya sido agradable conocerte, Rick, pero con toda seguridad ha sido muy interesante. Adiós –dijo al tiempo que abría la puerta del vehículo.

Rick dejó escapar un gemido de frustración.

–Dime cuál es tu precio y te convertiré en la reina del baile de mi madre. Sus amigas del Club Botánico caerán de rodillas cuando entres por la puerta principal de Briarwood Chase.

Ella se detuvo de golpe y se volvió a él con los ojos muy abiertos.

–¿El Club Botánico? ¿Briarwood Chase?

–Mi madre es la presidenta del Club Botánico de Chapel Hill, y Briarwood Chase es el hogar de mis padres.

Lily se llevó una mano al corazón.

–Durante un tiempo me encargué del cuidado de las rosas en Briarwood Chase –dijo, casi con reverencia.

–Las rosas son el orgullo y la alegría de mi madre –comentó Rick mientras se preguntaba qué tenían que ver las rosas con el cambio de actitud de Lily.

–Tu familia, así como la mayoría de las socias del club, tienen contrato con la empresa para la que trabajé durante un tiempo.

–¿Qué te parece si intento convencer a mi madre de que ponga su jardín en tus manos?

Lily se enfrentó a él con una ceja alzada.

–Eso es un claro chantaje, señor Faulkner.

Él alzó las manos.

–Rick. Sí lo es, pero estoy desesperado. Ayúdame a probar que mi primo está estafando a la empresa y hablaré con mi madre en favor de Gemini Landscaping. No puedo garantizar nada porque mamá y sus rosas... –Rick dejó la frase sin terminar al tiempo que alzaba los hombros. No hacía falta que Lily supiera que su madre depositaba en sus rosas todo el amor que su insensible marido se negaba a recibir–. En la fiesta te presentaré a mi madre y a sus amigas, todas socias del club.

Lily lo miró con los ojos entornados y las manos en las caderas. El gesto atrajo de inmediato la atención de Rick sobre la estrecha cintura y la suave curva de los muslos largos y esbeltos. ¿Qué escondía bajo esa ropa masculina?

«No importa, Rick. Éste es un asunto de negocios solamente».

–De acuerdo. Pero todo será pura apariencia. Nada de arrumacos.

La boca de Rick se secó ante la súbita urgencia de probar la suavidad de sus labios.

–Una dosis de contacto físico tendrá que haber para parecer convincentes.

Ella lo miró con suspicacia.

–Define lo que entiendes por contacto.

Rick se encogió de hombros.

–Tocarse, besarse –aventuró.

Al tiempo que se humedecía los labios, las pupilas dilatadas de Lily se posaron en sus labios y Rick sintió una dolorosa punzada en las ingles.

–Apenas te conozco. ¿Qué te hace pensar que me gustaría besarte?

Él se acercó más aún. Lily se apoyó contra la puerta del vehículo con la respiración entrecortada.

–¿Me vas a negar que no hay química entre nosotros?

Lily le puso una mano en el pecho y lo empujó hacia atrás con tanta fuerza que lo hizo trastabillar.

–Agradece que ha sido mi mano y no mi rodilla. Tengo la impresión, Rick Faulkner, de que si te doy un dedo me tomas el codo.

Rick alzó una ceja.

–Nunca he conocido una mujer que se contente con un dedo.

Ella se aclaró la garganta.

–No tientes tu buena suerte, señor Faulkner. Esto es sólo un asunto de negocios. Quiero volver a meterme en el jardín de tu madre, no en tu cama.

Sin más, Lily subió al camión y le cerró la puerta en las narices. Rick movió la cabeza de un lado a otro mientras la miraba alejarse.

La primera mujer que le interesaba en meses no tenía el menor interés en él. ¿O no?

Decidió que no tardaría en averiguarlo.

Lily se sobresaltó al ver que una figura oscura se levantaba de la butaca reclinable en la penumbra de la sala del hogar que compartía con su madre.

Tras tomar un bate de béisbol que escondía tras la puerta, encendió la luz.

–Maldición, Trent, me has dado un buen susto. ¿Qué haces aquí?

Su hermano, que le sacaba una cabeza de altura y era muy delgado, cruzó la habitación a largas zancadas y el gato corrió a esconderse bajo la mesita de café.

–¿Conseguiste que modificaran el contrato?

–Sí.

Trent era sólo diez minutos menor que Lily, pero a veces parecía diez años más joven. Mientras ella siempre había trabajado junto a su padrastro en el terreno y se movía en un mundo práctico, la mente de Trent siempre vagaba por el país de los sueños. Iba a todas partes con un lápiz y un papel dibujando incesantemente, sin embargo, podía diseñar mejor que cualquiera de los arquitectos paisajistas que ella había estudiado.

–El asqueroso no intentó engañarte, ¿verdad?

–No vi al contratista. Me atendió Rick Faulkner, el arquitecto, hijo del director ejecutivo de la compañía.

–¿Y?

Maldición, odiaba el sexto sentido de su hermano para detectar su incomodidad.

–¿Y qué? –preguntó al tiempo que acariciaba al gato con la esperanza de que Trent no notara el rubor de sus mejillas.

–Dímelo tú.

¿Decirle qué? ¿Que Rick Faulkner era el tipo más sexy que había conocido? ¿Qué era lo suficientemente estúpida para considerar la posibilidad de salir con él aunque fuera por motivos profesionales?

–Sus padres viven en Briarwood Chase. Si lo acompaño a una fiesta está dispuesto a hablar con su madre para conseguir que nos contraten.

–Eso se llama hostigamiento sexual –espetó Trent con rabia.

–No, no lo es. Hemos conseguido el contrato independientemente de que salga o no con él –dijo al tiempo que lo sacaba del bolsillo y se lo tendía–. Es sólo un trato comercial. Rick necesita una pareja para la fiesta de jubilación de su padre, una mujer que no intente casarse con él y a cambio voy a codearme con los ricos y famosos de Chapel Hill.

Trent gruñó en tanto se pasaba los dedos por los cabellos demasiado largos. Había olvidado ir al peluquero, como siempre.

–Lily, no lo hagas.

–¿Quieres que rechace un trabajo, porque eso es lo que es, que nos puede proporcionar más clientes dentro de la elite de Chapel Hill? Su madre es presidenta del Club Botánico.

Él sacudió la cabeza.

–No empieces a mirar por la ventana para ver cómo vive la otra mitad del mundo.

–No lo hago –replicó con los brazos cruzados sobre el pecho y la barbilla alzada.

–Ian Richmond no nos quiso, Lil. Walt West fue un buen padrastro, diez veces mejor que el asno de nuestro progenitor.

–Te equivocas si piensas que me interesa conocer al pelmazo que utilizó y hundió a nuestra madre.

–Tu fascinación respecto al modo de vivir de los ricos no son meras imaginaciones mías. Nada bueno saldrá de eso.

–¿No sientes la menor curiosidad por Ian? –preguntó con un suspiro.

–No. Si hubiese deseado hacer algo por nosotros, lo habría hecho.

–Ya lo sé.

Aún le dolía el hecho de que el padre nunca hubiera intentado conocer a sus hijos. Tenía ocho años cuando una compañera del colegio la llamó bastarda. Había corrido junto a su madre en busca de una explicación y Joann intentó hacerlo en los mejores términos, pero Lily captó el mensaje. Entonces su madre le prohibió mencionar al padre advirtiéndole que si lo hacía, el abuelo paterno podía quitarles la casa que ella había comprado con el dinero que Ian Richmond le había dado.

–¿Entonces qué vas a hacer? ¿Acercarte a Richmond en la fiesta y presentarte?

–Posiblemente no habrá oportunidad, Trent, pero aparte de mamá, él es el único familiar que tenemos.

–No somos su familia.

No, Ian Richmond no consideraba a Lily como su familia. Cuando hacía veintiséis años dejó embarazada a Joann, se negó a casarse o a admitir su paternidad. El padre de Ian le había dado a elegir entre ceder la custodia del hijo, que finalmente fueron dos, o aceptar una cantidad de dinero a cambio de olvidar que la familia Richmond existía. Joann optó por el dinero.

Lily había pasado la mayor parte de su vida intentando ser alguien para que un hombre como Ian Richmond se sintiera orgulloso de decir que era su hija. Había estudiado mucho y no se había metido en problemas. Todo lo que quería era una oportunidad para preguntarle en qué había fallado.

El sábado por la tarde, Lily parecía la misma y sin embargo no era así.

Rick se levantó del asiento cuando apareció desde el fondo del salón de belleza. Ni el color ni el largo del pelo habían cambiado, pero unos rizos caían sobre la frente junto a los ojos y las mejillas. El efecto hacía que los ojos marrones parecieran más grandes y los pómulos más altos. El maquillador había delineado los ojos de Lily con un tono gris haciéndolos parecer más soñadores y sensuales. También había aplicado un rojo más intenso en los labios. Un rojo para ser besado, pensó Rick con el pulso galopante.

La expresión de Lily le hizo darse cuenta de que esperaba su veredicto. Rick se aclaró la garganta.

–Estás muy bien.

Ella enrojeció de placer.

–Gracias –dijo con una sonrisa.

–¿Nos vamos?

Lily asintió y salieron a la calle.

–He reservado mesa en el Coco's –informó mientras buscaba las llaves del vehículo en el bolsillo, pero se detuvo al ver su cómica mueca.

–¿Te importaría si fuéramos a un sitio menos formal? Me han lavado el pelo, depilado, limpiado el cutis, masajeado y arreglado los pies. Si alguien más me fastidia con sus atenciones creo que voy a chillar.

Según su experiencia, a la mayoría de las mujeres le encantaba esa clase de atenciones, especialmente si él la pagaba.

–¿No te ha gustado la experiencia?

–Yo.. ha sido algo diferente –dijo, sonrojada–. No estoy acostumbrada a tanto... contacto físico.

–Si no vamos al Coco's, ¿en qué has pensado?

–¿Qué te parece una hamburguesa? A propósito, ¿cómo está tu perra?

–Esta mañana llevé a Maggie a casa. Se mueve con dificultad –informó en tanto se dirigían a sus vehículos.

–¿No sería bueno que fueras a echarle un vistazo?

Primera sorpresa. Nunca había visto que a una mujer le importara más que se preocupara del perro que de ella.

–Sí, pero tuve que sobornarte con la promesa de una cena para lograr que hoy salieras conmigo. ¿Recuerdas?

Otra sorpresa. ¿Cuándo había tenido que sobornar a una mujer para que saliera con él?

Lily caminaba al mismo ritmo de Rick y de pronto señaló un puesto de comida rápida para llevar.

–¿Por qué no nos llevamos algo y así puedes ir a casa a ver a Maggie?

Parecía que no podía esperar un minuto más para deshacerse de él. Por alguna razón, le dolió y además le picó el interés.

–Tengo hamburguesas en el refrigerador y sé prepararlas. Yo haré la cena.

No había pensado invitarla a su casa, nunca

invitaba a una mujer, aunque compartir una cena no significaba que se convirtieran en amigos del alma o en amantes. Sólo se trataba de negocios.

–No creo que deba ir a tu casa.

Rick podría haber nombrado una docena de mujeres que lo habrían insinuado y unas pocas que se habrían presentado sin invitación.

–Lily, si queremos que esta relación parezca convincente tendremos que conocernos mejor.

Ella se plantó en la acera y lo tomó del codo. La calidez de su contacto provocó un desastre en la tensión de Rick.

–Rick, no he comido desde esta mañana. El viajecito al ese lugar de tortura me impidió ir al supermercado. Si te sigo a tu casa, todo lo que quiero es una cena.

Rick la miró conmocionado. En un minuto se sonrojaba como una colegiala y al siguiente discutía como una mujer experimentada. ¿Cuál era la verdadera Lily West? Repentinamente, decidió averiguarlo.

–Y una cena será.

Tras bajar de su vehículo, Lily observó la antigua vivienda de ladrillo asentada con la grandeza de una vieja dama en medio de un jardín descuidado. Qué vergüenza. Las rosas, los rododendros, todo necesitaba unas manos expertas como las suyas. La hiedra que trepaba sobre los rojos ladrillos de la casa de dos pisos necesitaba una poda con urgencia. Una hilera de magnolios bordeaba el prado alrededor de la casa y los pinos se encumbraban tras el techo inclinado. Ese jardín había sido el orgullo y la alegría de alguien y le dolió verlo tan abandonado.

–¿Tu padre no piensa que esta casa es un signo de estabilidad? –preguntó cuando cruzaban el sendero de ladrillos musgosos en dirección a la puerta principal.

–No, hasta que la llene de herederos.

–La casa es muy grande. ¿No te pierdes en ella?

Él abrió la puerta y se hizo a un lado para dejarla pasar.

–Todavía no la he terminado.

Un agudo ladrido la dejó inmóvil en el umbral. Le encantaban los perros, pero ése era un ladrido de advertencia. De pronto se encontró frente a Rick, lo suficientemente cerca como para observar los reflejos plateados en los ojos azules y su cálido aliento en la cara. El aroma varonil se apoderó de sus sentidos. «Cuidado con los seductores, Lily», oyó la voz de Joann en su mente. Y Rick ciertamente lo era.

Los pasos del animal sobre el suelo de madera penetró en la espesa sensualidad que nublaba su cerebro.

–¿A tu perra le gustan las visitas?

–No recibe muchas, pero Maggie es muy buena –dijo al tiempo que le ponía una mano en la espalda para hacerla entrar. Un gesto que causó estragos en la respiración de Lily–. Todavía estoy trabajando en las habitaciones superiores. Mis amigos y yo compramos las casas de esta calle, y las estamos renovando.

–¿Por qué no contratas una cuadrilla de obreros?

–Porque disfruto haciéndolo yo mismo –explicó mientras se inclinaba para acariciar el brillante pelaje caoba del setter irlandés.

Sus miradas se encontraron.

–Lily, ésta es Maggie, la única fémina estable en mi vida.

No fue difícil comprender la clara y concisa advertencia: no debía tomar en serio el proyecto de la Cenicienta. Quiso decirle que no se preocupara. Que sabía cuál era su lugar. En cambio, optó por rascar a Maggie detrás de las orejas y sus dedos se enredaron con los de Rick. Al instante retiró la mano, pero no pudo ignorar su excitación. «Olvídalo, Lily. Rick Faulkner no pertenece a tu clase. Es un miembro privilegiado del club de los-destroza-corazones, el tipo de hombre contra el que tu madre te advirtió».

–Es un hermoso animal. ¿Lo tienes hace mucho tiempo?

–La encontré en un solar donde trabajé a comienzos de año. No sabía que estaba preñada. Hace unas cuantas semanas encontré un hogar para el último cachorro.

Lily sintió que se le enternecía el corazón.

–Sientes debilidad por los animales extraviados, ¿verdad?

Los labios masculinos se curvaron en una tímida sonrisa.

–Sí. ¿Y tú?

–Mi padrastro solía decir que la extensión de sus terrenos no daría abasto para albergar a todos los animalitos que yo llevaba a casa –comentó mientras deslizaba un dedo sobre la intrincada superficie del poste tallado al pie de una sinuosa escalera.

–Es maravilloso. ¿Puedes imaginar cuántos niños se han deslizado por el pasamanos? –preguntó al tiempo que lo miraba por encima del hombro–. Porque los niños ricos también lo hacen, ¿no es cierto?

–Lily, un niño rico es igual a cualquier otro.

–Seguro que sí –dijo intentando ocultar su sarcasmo.

Su limitado conocimiento de niños ricos le había enseñado que hacían lo que querían y no temían cometer errores porque papaíto siempre los protegería. Ella nunca había tenido un padre hasta que su madre se casó con Walt el verano en que cumplió diez años. Walt había sido maravilloso y ella lo había querido, pero siempre había anhelado a su verdadero padre y la vida que hubiera podido proporcionarle. El amor y el sentido de pertenencia que podría haberle ofrecido.

Su familia nunca había pasado hambre, pero distaban mucho de ser ricos. Lily había hecho pequeños trabajos extra escolares para ganar un poco de dinero y siempre se había mantenido en las listas de honor académicas a fin de obtener una beca para la universidad. La granja algodonera no rendía suficiente dinero para que ambos hermanos asistieran simultáneamente.

–La cocina está por aquí.

Lily lo siguió hacia el fondo de la casa. Tuvo que hacer un gran esfuerzo para desviar la mirada de la parte trasera de los pantalones de Rick. Luego se detuvo en el umbral de la enorme habitación.

–Enséñale esto a una mujer y la tendrás comiendo en tu mano.

Rick sonrió mientras se lavaba las manos.

–Entonces doy por sentado que te gusta mi cocina.

–¿Cómo no habría de gustarme? Hay espacio para una familia entera con todos los amigos incluidos –comentó al tiempo que observaba que en cada rincón de la estancia había algún tesoro tallado a mano.

–¿Cocinas?

Ella hizo una mueca.

–No tengo tiempo. Trabajo catorce horas diarias. Además, vivo con mi madre. Hay espacio para una sola persona en la cocina y mamá se encarga de hacerlo. ¿En qué quieres que te ayude? –preguntó mientras tocaba las molduras en torno al marco de la puerta.

Su hogar era pequeño y sencillo, pero su padre había crecido en un lugar similar al de Rick, no lejos de allí. Cuando era una jovencita, a menudo había intentado imaginar cómo sería el interior de la casa de su padre y durante muchos años apagó las velas de su tarta de cumpleaños deseando que alguna vez la invitara a visitarlo.

Rick se enrolló las mangas de la camisa dejando al descubierto los bronceados y musculosos brazos cubiertos de vello dorado. Luego sacó los ingredientes de refrigerador y los apiló en la encimera en el centro de la cocina.

–Siéntate en ese taburete. ¿Quién te da de comer cuando tu madre está ausente?

–Me preparo algún bocadillo y sé hervir un huevo.

–¿Y tu hermano?

–Él tiene su propio apartamento sobre el granero y se prepara sus comidas.

Como no podía estar sin hacer nada, Lily cruzó la habitación para admirar el extenso patio trasero y luego echó una mirada furtiva a los amplios ventanales del comedor, orientados al sur. Con un suspiro, pensó que, junto a los cristales, unas plantas de interior disfrutarían de una buena exposición a la luz.

Él alzó la vista.

–No dejas de moverte, ¿verdad? Puedes dar una vuelta por la casa si te apetece. No quiero que te rompas el cuello si lo estiras de esa manera –dijo con un destello de buen humor en los ojos azules.

–No puedo evitarlo ante una casa tan hermosa como ésta, y además soy curiosa.

–Podría asegurar que te mueres de ganas de salir al patio. Lo has examinado desde todos los ángulos.

–¿Cuánto te va a costar el negocio de convertirme en una acompañante creíble?

–No lo sé, ¿por qué?

–Porque no puedo permitir que gastes una fortuna en mí y no darte nada a cambio, excepto la cita para ir al baile.

–Vas a ayudarme a desenmascarar a Alan.

No era suficiente. No deseaba sentirse obligada por agradecimiento y además quería dejar claro que la relación entre ellos era puramente profesional.

–A cambio de los gastos que te voy a ocasionar, me haré cargo de tu jardín.

–Lily, no es necesario.

–Siempre pago a mi manera, Rick. O trabajo en tu patio o no hay trato entre nosotros. ¿Qué eliges?

Capítulo Tres

Lily lo había atrapado con su ultimátum y él lo sabía.

Rick apartó el cuchillo y los trozos de tomate. Se iba a cortar un dedo si no salía inmediatamente de la cocina.

Nunca había conocido una mujer más táctil que Lily. En menos de diez minutos había tocado todas las superficies talladas a la vista con un verdadero placer sensual. Rick envidió los tallados.

–Voy a encender la parrilla. Puedes recorrer la casa y satisfacer tu curiosidad –dijo al tiempo que indicaba la escalera con el pulgar y se dirigía a toda prisa a la puerta trasera para aliviar la tirantez de los tejanos en las ingles.

Una mujer capaz de sonrojarse como Lily, merecía un hombre que se comprometiera en una relación. Y ese hombre no era él. Él era hijo de su padre. Un ser antipático e incapaz de amar. A menos que Lily aceptara esas condiciones, su hambre de ella quedaría insatisfecha.

Tras volver a la cocina cinco minutos después, oyó los pasos de Lily en la planta superior explorando las habitaciones. Y se la imaginó explorando su cuerpo con la misma curiosidad.

¿Por qué Lily, con su pelo corto y la ropa tan

holgada, lo fascinaba? Porque él también prefería a las personas sinceras. No se comportaba como otras mujeres de su pasado cuya única preocupación era llegar a su billetero y a su cama.

–Tu casa es asombrosa –comentó ella más tarde mientras se sentaba en el taburete y Rick daba los toques finales a la cena–. Y me encantan tus muebles. Son antiguos, pero no antiguallas.

–La mayor parte de ellos perteneció a mi abuelo –comentó al tiempo que ponía ante ella un plato lleno de comida.

Lily envidió la firme relación que Rick tenía con su pasado. Ella no tenía nada, ni siquiera fotografías de los padres de su madre que fallecieron cuando tenía ocho años. La propiedad fue subastada para pagar los impuestos. Como habían desheredado a su madre antes del nacimiento de los niños, no dejaron nada a sus nietos. Lo que quedó tras la subasta fue donado a la iglesia. Y a menos que su padre cambiara de parecer y la reconociera, la historia de Lily West se remontaría no más allá de la fecha de su nacimiento.

Tal vez durante su aventura con Rick podría averiguar algo de la familia de su padre.

El lunes por la mañana, lo último que Rick esperaba ver desde la ventana de su dormitorio era a Lily en el porche trasero.

De un salto se apartó de la ventana. Con el corazón desbocado, se puso los tejanos, bajó la escalera e hizo una pausa en la cocina para calmar su excitación mientras la observaba a través de la puerta que daba al patio.

Con una taza de café en la mano y el termo apoyado en la baranda junto a ella, Lily contemplaba el extenso bosque que bordeaba la parte trasera de la propiedad.

Rick abrió la puerta.

Sobresaltada, Lily se volvió.

–Calla. Oh, maldición. Los has asustado. Había unos cuantos ciervos pastando en tu prado. Estaban muy contentos con mi presencia hasta que llegaste como una tromba. No puedo creerlo. Vives dentro de los límites de la ciudad y ellos vienen a tu jardín.

Rick había perdido la cuenta de las mañanas que había observado y contado a los ciervos. Lo perturbaba el hecho de compartir ese mismo interés con una mujer que apenas conocía.

–Lily, ¿por qué has venido?

–He venido a trabajar. ¿Cuánto terreno posees? ¿Cuatro acres?

–Algo así.

No llevaba el maquillaje del día anterior, pero estaba igual de bonita.

–Si quiero hacer algo en tu terreno tengo que empezar temprano. Llegué hace una hora y cuando me tomé un descanso descubrí a tus amigos de cuatro patas –comentó.

La mirada de sus ojos marrones dorados se deslizó de la cara de Rick hasta el pecho y luego hasta los pies desnudos.

–¿Duermes hasta tarde, eh?

En su vida había sido tan consciente de la presencia de una mujer. En ese momento sintió que contemplar los pechos de Lily bajo la camisa vaquera y las largas piernas le era tan necesario como respirar. Rick se llevó una mano a los cabellos despeinados, pasó los dedos sobre el mentón sin afeitar y maldijo secretamente a sus hormonas hiperactivas.

–Tuve que quedarme estudiando un proyecto complicado hasta después de medianoche.

Ella asintió con la cabeza.

–Sé lo que es eso. Bueno, se acabó el descanso. Hasta pronto.

–¿Cuándo nos veremos para elegir tu vestido?

Lily se encogió de hombros.

–Puede que el sábado. Hasta entonces estaré muy ocupada.

–Lily, sólo quedan once días para el baile. Podríamos vernos después del trabajo.

–Lo último que quisiera hacer tras una larga jornada es probarme vestidos nuevos. Y no creo que a las dependientas les guste una mujer que se presenta con la ropa de trabajo sucia y sudada –declaró, con una mueca –. Vivo demasiado lejos de aquí para ir a casa, ducharme y volver a la ciudad.

Era la única mujer conocida que hablaba abiertamente de trabajo y sudor. Le gustaba su candor y su franqueza. Nada de juegos.

–Entonces voy a elegir unos cuantos vestidos y los traeré aquí. Puedes ducharte en casa y luego te los pruebas.

Ella lo miró por debajo de las cejas.

–No me parece una buena idea.

–Prepararé una buena cena.

¿Por qué insistía? ¿Sólo porque Lily era un desafío y a él le gustaban los desafíos?

Una chispa de interés iluminó los ojos de la joven. Lily codiciaba su cocina y su jardín, pero no le interesaba pasar un rato con él.

–Lo pensaré –dijo ella en tanto recogía los guantes y un balde.

–¿Qué desayunaste?

«Faulkner, cállate y entra en casa. Estás haciendo el ridículo». Pero su ego y su sentido común no lo escuchaban.

–Cereales. ¿Por qué?

–Ahora voy a hacer una tortilla de queso y tocino. ¿Te apetece desayunar conmigo?

–Mejor no. Tengo mucho que hacer.

–Hoy es festivo, Lily.

Ella alzó la barbilla.

–No todo el mundo puede darse el lujo de librar un día, Rick.

Tampoco él podía hacerlo. Tenía que terminar unos planos para un cliente, pero quería conocer a esa mujer contradictoria y descubrir por qué se le había metido en la cabeza.

–Dame una hora de tu tiempo.

–Te daré una hora si tú me das otra. Si pierdo el tiempo dentro de casa contigo, entonces tendrás que trabajar una hora conmigo aquí afuera. Tu jardín es un caos. Tienes que aprender a cuidar de él o contratar a alguien para que lo haga.

Él se pasó la mano por el mentón sin afeitar

para ocultar una sonrisa. La mayoría de las mujeres siempre intentaban adularlo. Lily no era una de ellas.

Y a él le gustaba. Maldición. Le gustaba demasiado.

–Trato hecho.

Lily echó una mirada al hombre junto a ella y se esforzó por concentrarse en su trabajo. El sudor brillaba en el rostro de Rick.

Ella le había concedido una hora de su tiempo y él le había dado dos. Su interés por los detalles y su buena disposición para el trabajo duro la habían dejado impresionada. No actuaba como el resto de sus clientes ricos, acostumbrados a dar órdenes y nada dispuestos a ensuciarse las manos.

Rick se había puesto un par de guantes gastados y había trabajado codo a codo con ella, algunas veces tan cerca que sus brazos, manos y caderas se tocaban. Cada contacto abrasaba el cuerpo de la joven.

Lily se enderezó.

–Todavía queda mucho por hacer; pero al menos tu patio ya no parece un zarzal.

Rick se quitó la camiseta y la utilizó para secarse la sudorosa piel bronceada.

Lily tragó saliva. La estructura corporal de ese hombre era una obra de arte digna de una escultura.

Por amor a Dios, había visto muchos hombres sin camisa anteriormente. Maldición, si no apartaba la vista él iba a abrazarla y ...

Entonces alzó la vista y descubrió los ojos azules fijos en ella con tal intensidad que el rubor le tiñó las mejillas.

–Bueno, tengo que marcharme –dijo con el corazón desbocado.

–¿Quieres que traiga un par de vestidos para que te los pruebes esta noche?

–No, tengo demasiadas cosas que hacer –dijo sonrojada, con una voz apenas audible.

Rick se aproximó y ella dio un paso atrás, pero el portón le impidió alejarse más.

–Lily, tenemos que hacerlo.

Por el modo en que esos ojos se concentraron en su boca todo lo que pudo pensar fue que iba a besarla para que sus relaciones parecieran más convincentes el día de la fiesta, como había comentado anteriormente. El pulso se le aceleró y la boca se le hizo agua.

–¿Te refieres al... beso? –murmuró.

–Realmente me refería a buscar un vestido, pero me gusta más tu idea.

Rick superó la distancia entre ellos al tiempo que se quitaba los guantes. En un instante, Lily quedó atrapada entre el frío metal del portón y el ardiente cuerpo masculino.

Entonces alzó las manos para apartarlo y la cálida piel desnuda del pecho casi le quemó las palmas. La urgencia de enredar los dedos en el vello dorado que le cosquilleaba en las manos fue casi arrolladora.

–¿Lily? –murmuró Rick en un tono de voz que le aflojó las rodillas.

Ella debió haber evitado el lento descenso de

los labios amenazadores, pero sus músculos se habían congelado, lo que parecía imposible porque ardía en su interior. Rick le sostuvo la mirada hasta que su boca se posó en la suya. Entonces le separó los labios con la punta de la lengua que pronto se enredó en la de ella. Luego, le mordió suavemente el labio inferior hasta arrancarle un gemido de placer.

Sin darse cuenta, las palmas de Lily se deslizaron sobre los hombros y luego enredó los dedos en los húmedos cabellos de la nuca. Rick gimió en su boca y aumentó la intensidad del beso. El torso masculino oprimía los excitados pechos de Lily. Los dedos recorrieron la espalda de la joven, rodearon las caderas y la atrajeron contra la dureza de su cuerpo.

Con el corazón martilleando de temor, excitación y vergüenza, Lily se liberó del abrazo. ¿De ese modo su padre había seducido a su madre?

–Rick, debo marcharme –dijo apartándose de él.

–Lily...

–Mira, tengo que reunirme con mi hermano en un terreno de trabajo. Debo irme ya.

No mentía del todo, aunque se reunirían bastante más tarde.

Rick enarcó las cejas

–Entonces nos vemos el miércoles, a las seis. Tendré los vestidos y la cena preparada.

–Pero...

–No podrás trabajar fuera, porque se anuncia mal tiempo durante la tarde y la noche.

No podía luchar contra su lógica implacable.

Maldición. Sin embargo, podía rezar para que el hombre del tiempo se equivocara porque no podía arriesgarse a otra dosis de besos.

Rick Faulkner era el tipo de hombre que podía hacerle olvidar que los pobres y los ricos de la pequeña comunidad no podían mezclarse sin que alguien sufriera. Y ese alguien sería ella.

Lily sabía muy bien que iba directamente a un quebradero de cabeza.

«Cuidado con los seductores, Lily Violet West». Cierto que intentaba recordarlo, pero Gemini necesitaba con urgencia el trabajo que la madre de Rick podría ofrecerle. Y al menos por una vez quería estar en la misma estancia con su padre.

Maldiciendo la lluvia que empapaba el parabrisas, Lily se internó por el sendero de entrada de Rick. Temía ese encuentro por varias razones. Primero: incluso cuando niña, vestirse bien nunca había sido lo suyo. Se sentía cómoda en vaqueros y botas de trabajo. Los vestidos y tacones altos le parecían un disfraz. Segunda razón: los labios todavía le hormigueaban a causa del beso. Tercera razón: realmente quería volver a besarlo aunque fuera una locura. Cuarta razón: Rick le gustaba mucho.

¿Estaba destinada a repetir el error de su madre? Volverse loca por un hombre rico era peligroso, por no decir estúpido. De acuerdo, no iba a caer rendida a sus pies. Aun y con todo, nada bueno podría resultar de aquello. Al menos nada permanente. Y a ella le gustaba mantener trabajos y relaciones duraderas.

Lily sacó del vehículo una bolsa con ropa limpia mientras Rick se acercaba con un paraguas. Entonces, él se colgó el bolso del hombro y la atrajo hacia sí para protegerla de la lluvia. Lily se sintió como una niña pequeña al amparo de su fuerte contextura.

–Espero que estés con ánimo para un buen filete –dijo y su cálido aliento le alborotó los cabellos de las sienes mientras corrían hacia la casa. Un escalofrío que no pudo achacar a la fresca lluvia de septiembre le recorrió la espalda.

–Probablemente me comería el buey entero.

Él se detuvo en el porche y la miró.

–Entonces voy a tener problemas porque todo lo que tengo para acompañar la carne son patatas cocidas, ensalada y una magnífica tarta de cerezas que compré en la pastelería.

El estómago de Lily gruñó y la boca se le hizo agua.

–Me encanta el menú.

–Eres fácil, Lily –comentó con una risita.

Esas palabras la hirieron como una puñalada. Los chicos de la escuela secundaria solían preguntarle si era tan fácil como su madre. En una ciudad pequeña que contaba sólo con un instituto no había secretos. Como tenía prohibido decir quién era su padre, todo el mundo pensaba que no lo sabía. Y sólo había una razón para ignorar quién era el padre de una criatura. Seguramente la madre tenía muchos amantes para saberlo con seguridad.

¿Rick pensó que era una mujer fácil porque casi se había puesto a ronronear cuando la besó?

Lily giró sobre sus talones, dispuesta a subir al camión y marcharse a casa.

Rick le atrapó la mano.

–Déjame aclarar mis palabras. Quise decir que eres fácil de complacer –declaró. El calor de su mano era muy agradable–. Tienes la ropa empapada y carne de gallina.

–El aguacero me alcanzó antes de acabar el trabajo y la temperatura ha bajado quince grados en las últimas horas –dijo al tiempo que liberaba la mano.

–Entra y sube a darte una ducha caliente. A propósito, encontré un par de vestidos que podrían quedarte bien.

–¿Adónde vas? –preguntó Lily a verlo subir la escalera.

–El único cuarto de baño disponible es el mío –dijo por encima del hombro.

Lily lo siguió escaleras arriba.

Rick puso el bolso en una encimera junto a unas gruesas toallas verdes y una pastilla nueva de jabón.

–Llámame si necesitas algo más. Los filetes estarán listos en veinte minutos. ¿Necesitas más tiempo?

–No.

Cuando la puerta se cerró tras él, Lily se quitó la ropa y rápidamente se situó bajo el chorro de agua caliente. Mientras se secaba, volvió a cuestionar su salud mental respecto a haber aceptado esa farsa; pero recordó las necesidades de Gemini y la oportunidad de ver a su padre.

Según las páginas sociales de la prensa, los

Faulkner y los Richmond se movían en los mismos círculos y asistían a las mismas fiestas. Deseó poder preguntarle a Rick, pero no se atrevió.

De pronto, un frasco de colonia llamó su atención y lo abrió tras anudarse la toalla en el pecho. Una fresca fragancia, que de inmediato asoció a Rick, invadió sus fosas nasales. Olía a pino, madera de cedro y a manzanas verdes.

Fue tal el sobresalto al oír que llamaban a la puerta que el frasco se deslizó de sus dedos y se hizo añicos sobre la encimera de granito.

La puerta se abrió de golpe.

–¿Estás bien? Oí un ruido de cristales rotos.

Horrorizada, miró a Rick fijamente y él le devolvió la mirada antes de deslizarla por los cabellos húmedos y los hombros desnudos hasta llegar a las largas piernas.

–He roto tu frasco de colonia. Lo siento –dijo en tanto aferraba la toalla sobre el pecho y maldecía su estatura porque apenas le cubría los muslos–. ¿Necesitabas algo?

Él alzó la vista hasta sus ojos y Lily contuvo la respiración.

–Vine a decirte que los ciervos están en el jardín trasero. Hay ocho –informó con la voz enronquecida–. ¿Lily?

Ella intentó disipar la niebla sensual que le nublaba el cerebro.

–Te compraré otro frasco.

–Olvídalo, estaba casi vacío. Tengo uno nuevo en el armario. No te has cortado, ¿verdad?

Rick se acercó y ella dio un paso atrás. Entonces sintió un dolor agudo y levantó el pie.

–No te muevas. Hay cristales en el suelo –dijo al tiempo que la tomaba en brazos y luego la colocaba en la cama–. Déjame examinarte.

Rick se arrodilló junto a la cama, encendió la luz de la mesilla de noche y tomó el pie herido.

–Tienes un fragmento de cristal clavado en la planta. Voy a buscar el botiquín.

–Puedo sacarlo sola.

–Sé que puedes, pero ahora yo seré el médico y tú mi paciente.

–De acuerdo, pero date prisa. Duele... bastante.

Rick tardó un segundo en volver con una pequeña caja de plástico.

–Quédate quieta –ordenó. Lily dio un respingo cuando le extrajo el trocito de cristal–. ¿Estás bien?

–Desde luego que sí. No pensarás que me voy a desmayar por una astilla, ¿verdad?

–Lily, nunca sé que se puede esperar de ti –comentó con una risita mientras ponía una pomada bactericida sobre la herida y luego una venda.

Entonces sus manos se deslizaron por los tobillos hasta alcanzar las pantorrillas.

–Rick, vamos a comer antes de que se queme mi filete.

–Dejé puesto el reloj de aviso de la parrilla –respondió, concentrado en las piernas–. Tu gato no miente. Tienes unas extremidades formidables.

Ella intentó reírse de la broma, pero le costaba respirar.

–Se lo diré.

Las palmas de las manos llegaron a las rodillas.

–Tu piel es como una cálida seda.

Ella tragó saliva y cerró los ojos sólo para abrirlos cuando las yemas de los dedos tocaron el borde de la toalla y él alzó la vista hacia su rostro. Al notar la mirada de Rick, cargada de deseo, Lily dejó escapar una exclamación ahogada. Liarse con él no era una buena idea.

Él se alzó lentamente y puso ambos brazos sobre la cama junto a las caderas de Lily. Luego se inclinó y sus labios rozaron los de ella. Tenía que detenerlo. No quería que creyera que ella estaba allí por algo más de lo que habían convenido. Pero antes de poder encontrar las palabras adecuadas en su cerebro, el reloj empezó a sonar.

Lily exhaló un desilusionado suspiro de alivio.

–Los filetes están listos –dijo con voz débil y los ojos fijos en la toalla.

–Quédate aquí. Sacaré los filetes y luego voy a barrer los cristales.

–Yo lo haré.

Él se detuvo un instante con las manos en las caderas y Lily pudo notar su excitación en la cremallera de los tejanos. Cuando Rick desapareció por la escalera, Lily se tendió en la cama con el brazo sobre los ojos. Cielo santo, el hombre era una tentación. Una tentación que la convertía en la mujer sensual que vio reflejada en los ojos azules.

Capítulo Cuatro

Maldición. Le bastó haber tocado aquella piel sedosa para olvidarse de los filetes. Afortunadamente, había puesto el reloj avisador. Con una sonrisa sardónica, Rick bajó la escalera.

Había sido demasiado para una relación estrictamente profesional, pero hacía dos días que había cruzado la línea divisoria con un beso que había trastornado cierta parte de su anatomía.

Rick sacó los filetes de la parrilla y los llevó a la cocina. Tras cubrir el plato y revisar el resto de la cena, subió la escalera con el cepillo y el recogedor para ver qué le esperaba arriba.

Las señales de Lily eran complejas. En un instante se sonrojaba como una niña inocente y al siguiente lo tentaba como una sirena. Sirenas que él podía manejar y disfrutar. Pero las vírgenes eran tabú para él. Esperaban amor y matrimonio. Como no podía ofrecer el primero, evitaba el segundo. Ninguna mujer merecía verse atrapada en una relación sin amor como la de su madre. Rick había sido testigo del dolor que la frialdad de su padre le había causado.

Lily estaba junto a la ventana. No se volvió,

pero la tensión de sus hombros le indicó que era consciente de su presencia.

–Hay once abajo. ¿Cuál es la mayor cantidad de ciervos que has visto?

Rick se detuvo detrás de ella. Su cálida fragancia, una mezcla de su propio jabón y de la piel femenina, invadió sus fosas nasales y anheló tocarla, saborearla. Rick aferró el cepillo y el recogedor hasta que los nudillos le dolieron.

–He llegado a ver diecinueve. Viven en el bosque.

Combatiendo la tentación, alcanzó los prismáticos que estaban sobre la repisa de la chimenea.

–Echa un vistazo.

Pero ella no se volvió a la ventana.

–Los observas a menudo, ¿verdad?

–Todos los días.

Ni siquiera tenía que inclinarse para besarla, pero no lo hizo. En cambio, su mirada se deslizó desde los hombros a la hendidura entre los pechos y el pulso le martilleó en los oídos. ¿Era imaginación suya o la respiración de ella también se había tornado irregular? Los ojos de Lily estaban prendidos a los suyos y Rick alzó una mano para acariciar la piel sedosa del mentón y palpar el pulso que latía en la garganta femenina. Luego, de un paso borró la distancia que los separaba. Estremecida, Lily alzó la barbilla y entreabrió los labios en una seductora invitación. Él le cubrió la boca con la suya. Suave, cálida, húmeda.

Su hambre de ella lo consumía. Entonces, sus dedos se enredaron en los cortos cabellos mientras barría con la lengua el labio inferior. Ella gimió, pero no se apartó de él.

Tan dulce. Cuando la lengua de Lily tímidamente tocó la suya, Rick exhaló un gemido y la besó con ansiedad mientras la ceñía contra su cuerpo.

Lily echó la cabeza hacia atrás y él hundió la nariz en el espacio entre el cuello y el hombro y aspiró con placer. Las manos de Rick bajaron de la cintura a las caderas siguiendo las curvas que ella normalmente ocultaba bajo la amplia ropa. Rick deslizó los dedos bajo el borde de la toalla y con ambas manos acarició los glúteos redondos y apretados. Cálidos y suaves.

Aunque la cama estaba muy cerca, a él le pareció que se encontraba a kilómetros de distancia. Cuando Rick la movió en esa dirección, el cuerpo de Lily se puso rígido en sus brazos.

–Espera. Yo... Yo no vine aquí para esto –dijo con los ojos agrandados y la respiración tan agitada como la de Rick mientras que con una mano aferraba el nudo de la toalla y con la otra los prismáticos contra su vientre–. Necesito vestirme.

Él pensó en persuadirla, pero recordó que no tenía preservativos y no estaba dispuesto a correr riesgos.

–Déjame barrer los cristales primero –dijo al tiempo que entraba en el baño con el cepillo y el recogedor.

Había subestimado a Lily. Podía sonrojarse como una virgen, pero besaba como una fantasía hecha realidad. Quería a Lily West en su cama. Y la próxima vez estaría preparado.

La habían besado antes, así que, ¿por qué un simple beso la había estremecido?

Siempre pensó que su madre había sido débil al sucumbir a su pasión por el hombre equivocado y Lily se consideraba demasiado lista para cometer el mismo error. Evidentemente no lo era tanto, porque Rick la dejó con el deseo de algo más que un beso.

Su madre era un vivo ejemplo de lo que sucedía cuando una muchacha trabajadora tenía una aventura con un multimillonario. No se necesitaba ser un genio para darse cuenta de que Rick perdería el interés tan pronto como ella se hubiera entregado a sus besos seductores. ¿Qué más podía querer un hombre espectacular como él de una mujer corriente como ella?

Lily se detuvo en el umbral de la cocina y Rick le envió una mirada provocativa desde la encimera en el centro de la cocina que le aflojó las rodillas.

Más tarde, puso los platos en la mesa y retiró la silla para ella.

–¿Te apetece un vaso de vino?

–No, gracias, nunca me ha gustado.

Él sacó las ensaladas y un bote de té helado del refrigerador.

–¿Cerveza?

–Tomaré té helado. Tengo que conducir a casa bajo este aguacero –dijo pensando que no debía diluir en alcohol su sentido común.

Rick se sentó frente a ella en la gran mesa de roble.

–Lily, la atracción entre nosotros...

–No es fatal –le interrumpió–. Lo vas a superar.

Él torció los labios con un brillo divertido en los ojos.

–¿Siempre eres tan espinosa?

–No tengo espinas. Lo que pasa es que estoy hambrienta.

Y avergonzada y confundida y más que excitada. Diablos, el hombre sabía besar, pero no quería que le destrozaran el corazón.

–¿Quieres decir que no te atraigo? –preguntó, con los ojos entornados–. Porque el beso allá arriba fue memorable. Casi me devoraste.

Con la piel ardiendo, Lily consideró la posibilidad de escabullirse bajo la mesa, pero en cambio se encogió de hombros y sintió que le pesaban.

–Eres un tipo muy atractivo que sabe besar. ¿Cómo no iba a gustarme? Pero ahora no tengo tiempo para aventuras sentimentales. Debo sacar a Gemini de los números rojos o podríamos acabar perdiendo la granja. Tuvimos que hipotecarla para comprar el equipamiento necesario.

–Entonces tendremos que asegurarnos de que seas capaz de deslumbrar a las damas del club para conseguir que te contraten –comentó Rick, con una mirada indescifrable–. Termina tu cena. Tienes que probarte los vestidos.

Formidable. No podía esperar un minuto más para deshacerse de ella. La historia de su vida. Sin embargo, Rick había sido prudente.

¿Entonces por qué la desilusión le arruinó el apetito?

–Una dama en la obra –avisaron desde la parte superior de la construcción a medio acabar.

El corazón de Rick dio un vuelco. Le había pedido a Lily que pasara por el viejo molino para elaborar juntos algunas ideas en el terreno. Tras el fiasco del miércoles anterior casi no esperaba que apareciera. Los vestidos que había elegido resultaron ser demasiado grandes y ella se había sentido insultada. ¿Pero cómo demonios iba a adivinar su verdadera talla cuando siempre ocultaba el cuerpo bajo la ropa de su hermano? Sin embargo, había sido lo suficientemente listo para anotar sus medidas antes de que se marchara.

Abriéndose paso entre los escombros, movió la cabeza de un lado a otro al notar el corazón desbocado y las palmas húmedas. Ya era demasiado mayor para esas reacciones. Sin embargo, anhelaba volver a saborear sus labios con la imperiosa necesidad de un adolescente. Maldición. ¿En qué había quedado su habitual actitud de «tómalas y déjalas» respecto a las mujeres?

Rick llegó a la entrada bajo la débil luz del sol. Raramente volvía al terreno una vez que un proyecto llegaba a esa fase, pero el viejo molino ocupaba un lugar especial en su corazón y quería que su abuelo, allí donde se encontrara, se sintiera orgulloso de la restauración.

Lily se acercó y los obreros se volvieron a mirarla.

Rick vio que un tipo alto la seguía. El hombre observaba atentamente el edificio de piedra de doscientos años de antigüedad. Probablemente era el hermano, porque el pelo y los ojos eran tan oscuros como los de ella. El joven ya había empezado a dibujar en su bloc.

Tras recoger un par de cascos, Rick bajó la escalera.

–Me alegro de que hayas venido. Tienes que protegerte –saludó al tiempo que le tendía un casco.

Lily le dirigió una sonrisa profesional.

–Rick Faulkner, mi hermano Trent West.

El joven, tan alto como él, le estrujó la mano. Rick evitó hacer una mueca, pero tomó nota de que era un hermano protector.

–¿Cuál es tu proyecto? –preguntó Trent después de haberse puesto el casco.

–Un restaurante de cinco estrellas. La obra de paisajismo tendrá que incluir un lugar de estacionamiento para los coches de hasta doscientos invitados.

Trent garrapateó en su cuaderno.

–Buen suministro de agua. ¿Protegido?

–Edificio histórico. Sé que Lily querrá ver las vistas desde todas la ventanas. ¿Vienes?

–Rick está restaurando su casa que es de 1930. Me la enseñó. Deberías ver su jardín –Lily se apresuró a decir al notar el humor de su hermano.

Trent frunció más el entrecejo.

–Dame una copia del trazado del sitio. Primero voy a medir el perímetro y luego me reuniré con vosotros.

Rick llamó a Sam, el capataz y, tras presentarlo, le dio instrucciones para que proporcionara a Trent todo lo necesario.

–Vamos a mirar el interior –sugirió Rick a Lily.

Cuando cruzaban unas planchas de madera que hacía las veces de entrada provisional, Rick la tomó del codo.

–Puedo valerme por mí misma. No me trates de una manera especial sólo porque soy mujer –dijo al tiempo que liberaba el brazo.

–De acuerdo –respondió Rick en tanto retiraba un plástico que separaba la entrada entre dos habitaciones y se hacía a un lado para que ella pasara primero. Lily alzó una ceja y él se encogió de hombros. Las antiguas costumbres no se olvidaban tan pronto. Desde muy pequeño su madre le inculcó normas de buenos modales y cortesía.

–¡Qué vista! –exclamó Lily, casi sin aliento, asomada al hueco de una futura ventana que daba a un lago–. Puedo imaginarme la luz de la luna centelleando sobre el agua –murmuró con las mejillas sonrojadas de entusiasmo.

–El dueño desea una terraza destinada a cenas al aire libre, orientada al este del aliviadero. Hará falta un patio embaldosado y algún tipo de cerco que no oculte las vistas.

–Sé donde podemos conseguir hierro forjado antiguo –dijo Lily, sin vacilar–. Hará falta una iluminación adecuada y plantas de colores suaves.

Lily ya no hablaba con Rick. Se había olvidado completamente de él, absorta en el proyecto. Rick también amaba su trabajo, pero la presencia de ella lo distraía. Renovar lo viejo no sólo era su ocupación sino que además su pasatiempo favorito. ¿Por qué si no había decidido rehabilitar un barrio entero que otros deseaban derribar? Incluso había embarcado en la empresa a sus amigos Sawyer y Carter.

Lily se detuvo ante una pequeña ventana del sótano.

–Veo que te encanta tu trabajo –comentó Rick con las manos hundidas en los bolsillos para no tocar las sonrojadas mejillas.

–Sí –respondió con una sonrisa.

La mirada de Rick se detuvo en los labios sonrientes y deseó besarla allí mismo.

La sonrisa de Lily se desvaneció.

–Necesito ver el exterior.

Él no estaba preparado para dejar que se marchara.

–Llevé a casa unos cuantos vestidos. ¿Cuándo puedes ir a probártelos?

–No lo sé. El mal tiempo ha retrasado mi trabajo.

–Nos queda sólo una semana antes de la fiesta.

–Puede ser el domingo por la tarde –accedió Lily, con un suspiro.

–¿Sabes bailar?

–Era más alta que todos los chicos del colegio, excepto Trent. ¿Qué te parece?

–Te enseñaré los pasos básicos –ofreció Rick, con el pulso alborotado–. Ve a casa el domingo por la tarde y quédate a cenar. Prometo tentar tus papilas gustativas.

«Y algo más», pensó.

El domingo por la tarde, Rick la saludó desde la puerta de entrada. Iba en vaqueros, con una camiseta blanca y su aspecto era una tentación que ella había decidido resistir.

–Has estado trabajando en mi jardín.

Para evitar que le rodeara los hombros con el brazo, Lily se inclinó a acariciar a Maggie.

–Alguien tiene que hacerlo. Y todavía queda mucho trabajo. Hay que dividir las peonías, fertilizar el terreno, terminar de cubrir con mantillo los macizos de flores y...

Él alzó una mano para interrumpir su nerviosa cháchara.

–Lily, todo eso está muy bien, pero si me hubieras esperado te habría ayudado.

–Me encontraba cerca de aquí. Por lo demás, se supone que lo hago para devolverte lo que has gastado en mí.

–No te lo he pedido. Tú me está haciendo un favor, ¿recuerdas?

Lily se puso de pie.

–Creo que ambos saldremos ganando en este negocio. Así que, ¿vas a darme de comer o me vas a torturar primero?

–La mayoría de las mujeres no piensan que vestirse bien sea una tortura.

Ella arqueó las cejas.

–No me parezco en nada a las mujeres que sueles frecuentar.

La sonrisa se desvaneció en la boca de Rick.

–No, en nada. Los vestidos están en mi cuarto de baño. Pruébatelos con los zapatos y más tarde ensayaremos unos pasos de baile.

Rick la siguió escaleras arriba y se sentó en su cama con las piernas estiradas y los tobillos cruzados.

–Cuando estés lista sal para que yo te vea.

–¿No puedes confiar en mí?

–Quiero verlos. Avísame si necesitas que te suba la cremallera.

Los vestidos colgaban ordenadamente en el perchero del vestidor con una caja de zapatos bajo cada uno de ellos. Los colores iban desde el negro al rojo púrpura.

Lily miró las etiquetas y casi se tragó la lengua.

–Rick, aquí hay cinco vestidos y cada uno ha costado cientos de dólares.

–Devolveremos los que no te gusten.

Lily se encerró en el cuarto de baño.

Después de probarse cuatro vestidos y, de acuerdo con Rick, haberlos rechazado por diversos motivos, sólo quedaba uno rojo que había querido evitar.

No sólo costaba una fortuna sino que además era demasiado sexy para ella. Sencillamente no era el tipo de chica que podía vestirse de rojo. Con la esperanza de que no le quedara bien, Lily se lo puso.

La tela acarició su piel como frescos pétalos de rosa. La prenda se ajustaba a su cuerpo como un guante y la ligera capa exterior brillaba débilmente cuando se volvía de un lado a otro para mirarse en el espejo. El escote drapeado no era ni muy alto ni muy bajo, gracias a Dios, pero la parte trasera... no existía.

Lily observó que se le veía la goma de las braguitas así que tuvo que quitárselas.

Luego volvió a mirarse y se le cortó la respiración. Era cierto que el escote no revelaba mucho, pero el corte moldeaba todas las curvas de su cuerpo antes de arremolinarse alrededor de los tobillos.

Tenía los cabellos alborotados y las mejillas sonrojadas pero, por primera vez en su vida, se sentía glamorosa y sensual. Tal vez no fuera hermosa, pero era cierto que no se sentía como Lily la paisajista. Se sentía como... Cenicienta.

Con ese atuendo, su padre no se avergonzaría de ella.

–¿Por qué tardas tanto, Lily?

El corazón se le subió a la garganta. Rick se daría cuenta de que estaba desnuda bajo el vestido. ¿Cómo podría no hacerlo? La tela acentuaba los pezones sin el menor recato. Era imposible llevar ropa interior porque el escote de la espalda terminaba a pocos centímetros de las nalgas.

Un príncipe de la alta sociedad de Chapel Hill la esperaba al otro lado de la puerta. Aunque sería mejor recordar que no era para ella y que no habría un final feliz para el príncipe y su plebeya.

–No estoy segura de este vestido.

–Déjame ver.

Atemorizada, Lily se encumbró en los altos tacones de las sandalias con tiras rojas. Cuando se miró al espejo, verdaderamente deseó creer que la criatura encantadora que le devolvía la mirada era ella. Pero no pudo. La mujer que la miraba era una sencilla granjera jugando a vestirse con elegancia.

–¿Lily?

Al ver girar el pomo de la puerta, Lily recordó que había olvidado cerrarla con llave tras la prueba del último vestido. Rick se detuvo en el umbral, abrió la boca para decir algo y quedó congelado.

–Estás... impresionante –dijo finalmente, con un acento grave que estremeció a Lily. La piel empezó a hormiguearle y los pezones se le endurecieron. A juzgar por el fuego en la mirada de Rick, el detalle no le pasó inadvertido.

–Gracias. Es... un vestido hermoso.

Y en ese instante, Lily se preguntó si tendría una oportunidad con el príncipe, o Rick sólo veía a la mujer que había creado.

Capítulo Cinco

Lily de rojo.

Rick sintió que la excitación hacía estragos bajo sus pantalones.

«No pienses en las asombrosas piernas de Lily ni en su cuerpo o vas a tener que avergonzarte de ti mismo», pensó mientras bajaba la escalera.

Una vez en la sala, oyó los pasos vacilantes de Lily en la planta superior. Maldición, en su precipitada huida para poner distancia entre la tentación y él, había olvidado que no estaba acostumbrada a los zapatos con tacones. Pero si no hubiera escapado se habría olvidado de la cena, de las lecciones de baile y la hubiera llevado a la cama.

Rick salió al vestíbulo y se detuvo de golpe. La visión de Lily en el descanso de la escalera lo dejó sin aliento. ¿Quién hubiera creído que una mujer que llevaba el pelo corto como un niño y ropa de hombre podía ser tan hermosa?

Aferrada al pasamanos, bajaba con pasos vacilantes.

–Déjame ayudarte –dijo tendiéndole la mano.

–Oye, si puedo moverme en una sierra de cadena tiene que ser muy sencillo andar con estos tacones –repuso, pero de inmediato trastabilló y él le puso la mano en la espalda para sujetarla. Entonces notó la cálida piel desnuda y satinada.

–Tu vestido no tiene espalda.

–¿No te fijaste en ese detalle cuando lo compraste?

–Le di tus medidas a la dependienta y ella los eligió.

Bailar con Lily sería un infierno.

Once pasos más tarde, llegaron al vestíbulo y él la soltó. Entonces metió las manos en los bolsillos para arreglarse los vaqueros disimuladamente y no llamar la atención de la joven sobre su deplorable estado.

Ella se detuvo junto a él y lo miró con cautela.

–Podríamos esperar hasta que consigas otros vestidos si no te gusta éste.

Él deslizó la mirada sobre la piel de alabastro, los pechos redondos, la estrecha cintura y, finalmente, las larguísimas piernas.

–Fue hecho para ti.

Lily se sonrojó. Tenía el pelo alborotado, como el de una dama que acabara de salir de la cama de su amante. Nunca había visto a una mujer más hermosa y nunca había deseado a otra tanto como a ella.

«Rick, no olvides que ésta es una relación temporal», pensó.

–¿Rick?

Él se aclaró la garganta.

–¿Lista para tu primera clase de baile? Vamos a la sala.

* * *

Lily luchó contra la ola de pánico que se apoderó de ella.

–Dame la mano derecha y pon la izquierda en mi hombro –ordenó Rick, con el brazo extendido e inmóvil como una estatua.

Lily avanzó hacia él y los cálidos dedos se cerraron sobre los suyos. Pero cuando puso la otra mano sobre la espalda, ella supo que iba a tener problemas.

–Éstos son los pasos básicos y...

Su cerebro estaba tan obnubilado que se perdió la mitad de lo que él había dicho.

–Lo siento. ¿Qué?

Rick apretó las mandíbulas. Tal vez se divertía tan poco como ella. O tal vez ella estaba haciendo el ridículo.

–Sigue la secuencia conmigo.

Los dedos en la espalda se movieron un centímetro y un escalofrío recorrió su columna. Entonces decidió concentrarse en el lóbulo derecho de Rick.

–¿Llevabas un pendiente? –preguntó intentando olvidar las terminales nerviosas de la espalda.

–Sí

–¿Y te lo pones alguna vez?

–No. Mis días de rebeldía han terminado.

Así que Rick había sido un rebelde. Ella siempre había querido rebelarse, pero las obligaciones familiares le habían impedido cualquier tipo de insurrección. Por lo demás, temía que si cruzaba la línea fronteriza su padrastro la rechazaría, como su padre.

–¿Por qué te rebelabas?

–Para llamar la atención de mi padre.

–¿Y lo conseguiste?

–No. Y ahora, ¿quieres concentrarte en el baile?

–De acuerdo.

«En otras palabras, no te metas en mis asuntos», pensó Lily intentando ocultar su desilusión, aunque habría apostado que estaría mucho más sexy con un pendiente en la oreja.

–Retrocede un paso con el pie derecho, a un lado con el izquierdo, luego gira un poco a la derecha para cerrar el espacio entre nosotros. Izquierda. Derecha. Cierra.

–Mejor será que me muestres como lo haces.

Él se movió hacia adelante, pero los miembros flojos de Lily no reaccionaron con suficiente rapidez. Los cuerpos chocaron y los pies se enredaron. De inmediato el brazo de Rick acentuó la presión en la cintura.

Casi sin aliento, ella se separó unos centímetros, con la respiración entrecortada.

–Apuesto a que recibías lecciones de baile todos los sábados o algo parecido.

–Todos los martes. Órdenes de mamá –informó con los dientes apretados mientras la guiaba suavemente hasta que sus pies ya no corrieron el peligro de salirse de los zapatos–. Muévete al compás de la música.

¿Música? Había olvidado la música. ¿Cómo había podido dejar de oír una orquesta entera? Sencillamente porque Rick la mantenía tan estrechamente abrazada que había dejado de percibir lo que había a su alrededor, excepto a él. Lily luchó por aclarar sus pensamientos. No tenía que olvidar que esa relación iba a durar sólo unos días.

Entonces aventuró una mirada hacia Rick y notó la tensión que le endurecía el rostro, especialmente la boca. Lily liberó las manos y se apartó de él.

–Esto no va a funcionar.

Él frunció el ceño.

–¿Por qué?

–Porque no soy Cenicienta. No sé bailar.

–Lo estás haciendo bien y es un vals muy sencillo. Verás que muy pronto lograrás dominarlo.

–Entonces, ¿por qué parece que estuvieras sufriendo una tortura?

Rick se pasó una mano por el pelo con un profundo suspiro. Cuando volvió los ojos hacia ella, su ardiente mirada azul la hizo trastabillar y él tuvo que sostenerla.

–Porque eres hermosa. Hueles increíblemente bien. Tu piel es suave como la seda. En este mismo momento no puedo dejar de pensar que estás desnuda bajo el vestido y te deseo tanto que me duelen hasta los dientes.

Con las mejillas encendidas de rubor, Lily se llevó una mano al pecho.

–Oh.

Rick se acercó más a ella.

–Lily.... –murmuró al tiempo que le acariciaba la mejilla.

–Esto no.... es prudente –murmuró, con el corazón en la garganta.

–Posiblemente no.

La palma de la mano se apoyó en la base de la espalda como para impedir que se alejara, en tanto que la otra mano le ladeó la cara mientras sus labios se acercaban a la boca de ella. El leve toque la dejó con más ansia y, como si le adivinara el pensamiento, Rick volvió a besarla y esa vez separó sus labios con la punta de la lengua hasta que las bocas se unieron en un beso cálido, húmedo y hambriento mientras la mano de Rick no dejaba de recorrer su espalda de arriba abajo.

El hombre sabía besar. Mientras las lenguas se entregaban a una danza frenética, los dedos de Rick se deslizaron bajo la tela del vestido hasta que pudo acariciar los glúteos desnudos.

Lily sintió que le flaqueaban las piernas y dejó escapar un quejido dentro de la boca de Rick mientras se estrechaba contra su cuerpo y le enlazaba el cuello con los brazos.

«De acuerdo, un beso, tal vez dos, y luego tendrás que poner fin a esta locura, Lily».

Ceñida al cuerpo de Rick, los pechos le dolían bajo la presión de su torso. Lily sintió en el vientre la dura y cálida presión de la insistente erección masculina. El beso se hizo más profundo. Nunca se había sentido devorada con tanta ansia y en lugar de asustarse, la pasión de Rick la inflamó de deseo.

Las manos masculinas se deslizaron desde las caderas hasta las cintura y luego se detuvieron en las costillas. Lily ansiaba desesperadamente que le acariciara los pechos y se echó hacia atrás para facilitarle la tarea.

Rick no necesitó más invitación. Los dedos acariciaron sus pezones y ella dejó escapar un gemido.

Los labios de Rick descendieron hacia el mentón, se posaron en el cuello y luego mordió suavemente la piel entre el cuello y los hombros. Lily se estremeció.

–Hueles bien –murmuró.

Ella inspiró a fondo y la fragancia varonil llenó sus fosas nasales.

–Tú también.

Como el vestido ofrecía fácil acceso, las manos obraron maravillas sobre sus pechos hasta que sintió una punzada dolorosa en el vientre.

–¿Cómo puedo quitarte esta cosa?

La danza de las hormonas enloquecidas cesó al instante.

–No lo hagas –pidió Lily.

La ardiente mirada azul traspasó la de ella.

–Lily, te deseo. Y esto –murmuró al tiempo que acariciaba los pezones endurecidos –, esto demuestra que tú también me deseas.

El corazón de ella dejó de latir un segundo. Rick la deseaba. Corrección. Rick deseaba a la mujer con el pelo cortado por un estilista, vestida con un atuendo de seiscientos dólares y unos zapatos de trescientos dólares. Él deseaba a la mujer que había creado, no a Lily la paisajista.

Entonces puso las manos sobre el pecho de Rick y lo apartó de su cuerpo.

–No practico sexo a la ligera.

Rick apretó las mandíbulas.

–Lo haríamos maravillosamente.

La seguridad de su tono desafió su resolución de mantener el cuerpo y el corazón fuera del alcance de sus manos.

«Piensa en tu madre y en el precio que pagaste por su estupidez».

–Estoy segura de que conoces todas las técnicas y las palabras adecuadas, pero eso no cambia el hecho de que no me gusta tener que entablar una relación contando los días hasta que se acabe. En cinco días más tendremos que decirnos adiós.

Rick respiró a fondo.

–Podríamos prolongar esta relación.

–¿Cuánto tiempo, Rick? –preguntó, con cierta esperanza –. ¿Una semana? ¿Un mes? ¿Un año?

La llama se apagó en los ojos de Rick.

–No tanto.

–A ti no te interesa el matrimonio.

–Lily...

–No te asustes. No te lo estoy proponiendo, sólo intento establecer los parámetros.

–No puedo ofrecer una relación estable.

Un suspiro desilusionado se escapó de los labios de Lily.

–Ésa es la diferencia entre nosotros, Rick. Yo cultivo un jardín y lo miro crecer. Tú diseñas un proyecto y te marchas –declaró. El silencio de Rick fue elocuente–. ¿Puedo quitarme este vestido?

Y marcharse inmediatamente de esa casa antes de cambiar de opinión y arrojarse en sus brazos. Porque su cuerpo ya empezaba a añorar la calidez de Rick.

Entonces recordó todas las amargas palabras e insultos que le había gritado a su madre presa de la ira propia de una adolescente. La tristeza se sobrepuso a la pasión. «Oh, mamá, lo siento. No supe comprenderte».

La incredulidad se apoderó de los ojos de Rick, pero Lily no se quedó a oír sus argumentos. Subió rápidamente la escalera con las sandalias en la mano. O lo hacía o perdía la batalla con su sentido común.

Y entonces no sería mejor que su madre, juguete de un hombre rico, aunque al menos ella había creído que su amante la quería. Pero Lily estaba más enterada.

¿Estaba loca?, pensó en tanto se ponía el casco y a grandes zancadas se dirigía al molino en busca de Sam, el capataz.

¿En qué pensaba cuando permitió que Rick la besara y tocara de esa manera? Prácticamente se había echado sobre él. La vergüenza ardía en sus venas a pesar de la fresca brisa de septiembre. Por lo menos él no estaría en el terreno si actuaba como la mayoría de los arquitectos con los que había trabajado en el pasado. Siempre se retiraban una vez que el proyecto estaba en marcha. El trabajo en el terreno era sucio, hacía sudar y la mayoría lo evitaba como una plaga.

Lily cruzó el umbral orientada por la voz de Sam. Cuando llegó a la parte trasera del edificio, Rick y el capataz salían del hueco de la escalera. El estómago le dio un vuelco.

Rick llevaba puesto el casco amarillo, pantalones caqui y una camisa de algodón celeste con el logo de la compañía sobre el bolsillo superior. El color de la tela acentuaba el brillo de los ojos azules.

–Hola, Lily –saludó el capataz–. ¿Y Trent?

Ella le sonrió, consciente de la mirada de Rick sobre sus arrugados vaqueros y la camisa de su hermano.

–Trent y el equipo están a una hora de camino. Me pidió que te preguntara si todavía quieres que primero empecemos a nivelar la terraza.

–Creo que es lo mejor, pero déjame revisar las notas que tengo en el camión. Vuelvo enseguida.

Lily y Rick quedaron a solas.

La mirada de Rick acarició su rostro y ella sintió que las mejillas se le encendían. Quiso esconderse, pero en cambio irguió la espalda.

–¿Qué haces aquí?

–El proyecto me interesa personalmente.

–¿Eres copropietario?

–No. Mi abuelo solía traerme a pescar a la laguna. Siempre vino aquí, desde que era niño, cuando el molino todavía funcionaba.

El comentario atrajo la atención de Lily y le devolvió la mirada.

–Pensé que los niños ricos iban pescar en sus yates a la corriente del Golfo.

–Ese es un prejuicio, Lily –afirmó al tiempo que la tomaba del codo.

Con los nervios erizados, ella se liberó de su mano.

«Vamos, Lily, lo prometiste. Nada de contactos, ni de besos. No más cenas íntimas en su casa».

–Yo también solía ir a pescar, pero nunca atrapé ningún pez grande. ¿Crees que todavía quedan bagres por aquí?

–Trae tu caña de pescar y unos perritos calientes de cebo y lo descubriremos –sugirió con una encantadora sonrisa infantil que la dejó sin aliento.

–No es una buena idea.

Rick le acarició la mejilla con los nudillos.

–Cometes un error al negar lo que hay entre nosotros.

Los pies de Lily quedaron clavados al suelo.

–No es una buena idea, jefe –repitió, incapaz de alejarse de él.

Con los labios apretados, Rick bajó la mano.

–Todavía tenemos que elegir las joyas a juego con tu vestido.

–¿No puedes hacerlo tú?

–Como vas a conservarlas cuando esto haya acabado deberías elegir algo que puedas volver a utilizar.

–No soy el tipo de chica que lleva joyas.

–Lily –rezongó.

–De acuerdo, de acuerdo. ¿Dónde y cuándo nos reunimos?

–Hoy la joyería está abierta hasta las nueve de la noche.

–No creo que...

–Lily sólo nos quedan cinco días.

–La ilusión me está matando –comentó con sarcasmo.

Rick torció los labios.

–¿Por qué no cenamos primero? ¿Has estado alguna vez en el Rack Shack?

–No, pero lo conozco de nombre –dijo al tiempo que su estómago gruñía recordándole que otra vez se había saltado el almuerzo.

–¿Qué te parece?

El restaurante quedaba casi en el límite del condado. Ella sospechó que sus amigos y familiares no frecuentaban el lugar, igual que el restaurante al que fueron el primer día de conocerse. Lily sintió en el corazón una dolorosa punzada de algo que no quiso reconocer.

–¿Por qué no? ¿Hoy a las siete?

En ese momento Sam entró en la habitación.

–Te recogeré a las siete –dijo Rick.

–No, nos veremos en el restaurante.

Capítulo Seis

–Hola, Rick. Me alegro de volver a verte –saludó Paul, el dueño del Rack Shack, cuando el arquitecto entró en el restaurante.

–Hola, Paul. ¿Cómo van los negocios?

Se conocían desde los tiempos del colegio. Siempre habían competido en el baloncesto y por atraer la atención de las animadoras.

–Bien, hombre. ¿Cenas solo?

–No, con una dama. Es alta y morena.

–¿De pelo corto y piernas largas? ¿Y que prefiere sentarse junto a la ventana?

–Sí.

–Es estupenda.

Rick ardió por dentro. ¿Estaba celoso? No, hambriento solamente.

–Sí, lo es.

Paul alzó la cejas ante el tono cortante de Rick.

–Por aquí.

Con la cabeza inclinada sobre el menú, Lily no los vio aproximarse por la larga habitación débilmente iluminada. A través de la ventana que tenía a sus espaldas la luz del sol se reflejaba en los cabellos y en la piel cremosa.

Rick se detuvo con una mano en el hombro de

Paul. Por alguna razón no quería que su amigo desplegara sus encantos ante Lily.

–No me acompañes más.

Paul alzó ambas manos.

–Como quieras. Que disfrutes de la cena.

Lily alzó la cabeza, cuando Rick se aproximaba a la mesa. Llevaba un elegante jersey rojo con un discreto escote y se había maquillado levemente.

Rick se sentó a su izquierda.

–Te has cambiado de ropa.

–Decidí ponerme algo a juego con el vestido. ¿Cómo te enteraste de que existía este restaurante? Está retirado y no es el sitio donde alguien esperaría encontrarte.

–Fue el último proyecto de restauración que hicimos con mi abuelo. Afirmó que me sería más provechoso convertir este antiguo granero en un restaurante que todo lo que había aprendido en los textos. Y tenía razón.

Los ojos de Lily se suavizaron.

–¿Estabais muy unidos?

–Sí.

–¿Y con tu padre?

Lo mejor que podía decir era que respetaba a su padre como hombre de negocios. No podía amar a alguien que había valorado más el dinero que la vida de su hijo de cinco años.

–No siempre nos llevamos bien.

–Lo siento –dijo con sincera compasión–. Sé lo que significa para uno no llevarse bien con los progenitores.

–¿Tu padrastro?

Ella vaciló.

–No –dijo, finalmente–. Mi madre. En mi adolescencia le di muchos dolores de cabeza.

–Sin embargo vives con ella.

–Fui a vivir con mi madre tras la muerte de Walt, mi padrastro.

–¿Y ahora os lleváis bien?

Ella miró hacia la ventana.

–Sí, mientras no toquemos ciertos temas.

La reserva de Lily le aconsejó no hacer más preguntas. Cuando el camarero se hubo marchado, ella se interesó por los otros proyectos que llevaba a cabo.

Rick hizo un resumen de los que llevaba en la actualidad y, al contrario de sus otras amigas, el interés y las preguntas inteligentes de la joven terminaron por convencerlo de que no la dejaría partir en cinco días. No lo pensaba en términos de una relación estable porque era incapaz de darle el amor que merecía, pero deseaba vivir su fascinación por Lily West tanto como durara.

–Ven a casa conmigo esta noche –le pidió más tarde mientras le tomaba la mano.

Los ojos de Lily se agrandaron.

–No creo que sea una buena idea –dijo con la respiración entrecortada al tiempo que se reclinaba en la silla–. ¿Rick, intentas seducirme?

–Intento convencerte de que la atracción entre nosotros es demasiado grande para ignorarla.

–Puedo ver los titulares de las páginas sociales: «Astuta paisajista se lía con un conocido arquitecto multimillonario» –declamó en tanto alzaba el vaso de agua en un brindis burlón.

En cierto modo tenía razón. Las amigas de su

madre eran ultraconservadoras. Un pequeño escándalo y Lily tendría que despedirse de cualquier contrato con ellas.

–Seremos discretos.

Ella cruzó las manos sobre el pecho.

–¿Alguna vez no has podido conseguir algo que realmente deseabas?

¿Aparte del amor de su padre?

–No.

–Me lo temía –dijo con un suspiro–. Será mejor ir a la joyería antes de que cierren. Dime cuál es y nos encontraremos allí.

El brillo de las gemas deslumbró a Lily. Los precios la mataron. Entonces puso la mano en el brazo de Rick y lo apartó del remilgado vendedor.

–¿No podríamos comprar circonitas o algo similar? –cuchicheó.

–Mi madre y sus amigas reconocerían una joya falsa a cincuenta pasos de distancia. ¿Qué color de piedra prefieres? –preguntó al tiempo que le ceñía la cintura con un brazo y la acercaba al mostrador de cristal.

El contacto fue más que suficiente para distraer la atención de Lily de las deslumbrantes joyas.

No podía creer que Rick estuviera a punto de pagar una fabulosa cantidad de dinero por una farsa que lo ayudaría a hacerse con el control de la empresa de su abuelo y mantener su libertad. Posiblemente ella nunca volvería a llevar esas joyas.

Lily se encogió de hombros.

–Rojas para que hagan juego con el vestido.

–¿Rubíes? –sugirió el dependiente con una sonrisa caballuna–. Tengo un nuevo diseño que nos llegó ayer precisamente.

Entonces abrió una caja de terciopelo negro.

Lily se quedó sin aliento. El juego era romántico y moderno a la vez. Cada pieza, el collar, el anillo y los pendientes, tenía tres exquisitos rubíes en forma de corazón rodeados de diamantes. Un hombre tendría que regalar joyas como ésas a una amante que pensara mantener más de cinco días.

–¿Te gustan? –el aliento de Rick le alborotó los cabellos sobre la oreja y la mano ciñó aún más su cintura. El pulso de Lily se aceleró.

–Sí, pero...

–Pruébatelas –sugirió antes de colocarle el collar que le tendía el vendedor. Lily se estremeció al sentir el contacto de los dedos en la piel.

Cuando ella se hubo puesto los pendientes, el vendedor ofreció el anillo al supuesto novio. Rick le tomó la mano derecha.

–En la mano izquierda, señor.

Lily clavó su mirada en la de Rick. Tras un instante de vacilación, le puso la sortija en el anular izquierdo sin dejar de mirarla. De acuerdo, así que no quiso corregir al vendedor.

Le ajustaba perfectamente. Pero no era verdad. No había amor en los ojos azules, sino lujuria. Y haría mejor en no olvidarlo.

–¿Te gusta? –preguntó Rick.

–Es hermoso, pero no hace falta el...

–Nos llevamos el juego completo. No te las quites, Lily.

Rick la soltó para buscar su billetero. El radiante dependiente se apresuró hacia la caja registradora con la tarjeta de crédito de Rick

–Ni siquiera preguntaste el precio y además no necesitamos un anillo –cuchicheó Lily.

–Mi madre es cliente de esta tienda –explicó y en ese instante sonó el teléfono móvil–. Discúlpame.

–Sí.

El dependiente volvió con el recibo y la tarjeta de crédito y Rick firmó mientras escuchaba a la persona al otro lado de la línea.

–Voy para allá de inmediato... No, Lynn, no entres en la casa.

Tras cortar la comunicación, aceptó el recibo y el joyero vacío.

–Era Lynn, mi vecina, la que está casada con mi amigo Sawyer. Salió a pasear con su bebé y oyó que Maggie ladraba furiosamente. Ni Sawyer ni Carter están ahí para examinar la casa.

Tras despedirse del dependiente, Lily siguió a Rick hasta el estacionamiento detrás del edificio, pero el vehículo estaba bloqueado por un camión de reparto.

–Iremos en mi camión, Rick. Será más rápido que encontrar al tipo del reparto.

Al llegar, oyeron los frenéticos ladridos de Maggie. Lily buscó detrás del asiento y sacó un bate de béisbol y una linterna.

–Quédate aquí –dijo Rick–. Voy a dar una vuelta alrededor de la casa para ver si han forzado las puertas.

Sin hacer caso, Lily lo esperó en el porche delantero.

–¿Ves algo? –preguntó cuando Rick estuvo de vuelta.

–Nada. No me obedeciste –rezongó cuando entraron en la casa oscura.

Los ladridos de Maggie los condujeron a la sala. Cuando Rick encendió la luz, Lily descubrió el problema.

–Rick, es una ardilla. Probablemente cayó por la chimenea –murmuró al tiempo que indicaba a la pequeña criatura marrón de enormes ojos oscuros, aferrada a la barra de la cortina.

Rick exhaló lentamente.

–Maggie, ven aquí –llamó. La perra obedeció la orden con la rapidez de un dardo. Él se arrodilló y le rascó la cabeza–. Buena chica. Has cuidado bien de la casa.

Lily sintió que se le derretía el corazón.

–Si tienes una red de pesca, preferiblemente con un mango largo, la sacaremos de aquí y la llevaremos fuera.

–Sí. Iré a buscar la red y de paso avisaré a Lynn que todo está en orden.

Al poco rato, Rick regresó con una red redonda de mango largo y una caja de cartón. Se acercó a la ardilla, suavemente la capturó en la red y la cubrió con la caja para impedir que escapara.

–¿Dónde podemos soltarla?

–La parte del bosque que linda con tu terreno es un buen lugar.

La ardilla se debatía dentro de la red y Rick le hablaba suavemente mientras cruzaba a grandes zancadas el terreno iluminado por la luna.

Con una sensación de algo inevitable, Lily ajustó su paso al de Rick a la vez que alumbraba el camino con la linterna. Cuanto más tiempo pasaba con él, más le gustaba y lo deseaba. Su cariño por la perra y las historias acerca de su abuelo habían debilitado su resistencia, así como haberlo visto sucio y sudando mientras trabajaba con ella en la tierra. Era muy diferente a lo que se esperaba de un multimillonario. Pero lo que realmente le cautivó fue su manera de calmar al asustado animalito que se debatía en la red.

Después de todo, tal vez no era tan diferente a su madre porque tenía la sensación de que no volvería a casa esa noche. Pero no iba a repetir el error de Joann de quedarse embarazada y permitir que unos niños inocentes pagaran por su irreflexión. Con un suspiro, dirigió el haz de luz hacia los árboles. ¿Qué había de malo en estar con un hombre que le hacía sentirse una mujer atractiva y deseable? Jamás había experimentado nada parecido a la excitación que Rick le provocaba. ¿No merecía tener un príncipe en su vida sólo por una vez?

Tenía veinticinco años, estaba sola, vivía con su madre y sólo el pijama de franela la abrigaba por las noches.

Rick puso la red contra el tronco de un pino, levantó la caja y la ardilla huyó entre los árboles. Luego sonrió a la joven por encima del hombro y al instante la sonrisa se desvaneció.

–¿Lily?

Ella se humedeció los labios.

–Deberíamos volver –dijo y dio media vuelta hacia la casa andando a paso rápido.

–¿Qué sucede? –Rick la obligó a detenerse en medio del prado.

Lily respiró a fondo.

–Quiero... estar contigo –balbuceó, con un nudo en la garganta.

Él dejó caer la red y la caja y le rodeó la cara con las manos.

–Me alegro de que lo hayas admitido finalmente.

El beso fue hondo e intenso. Las grandes manos se deslizaron por la espalda y le rodearon los glúteos mientras la ceñía contra la dureza de su cuerpo.

Más tarde, ella encendió la linterna y con el brazo libre enlazó el cuello de Rick mientras se encaminaban a la casa.

–Abre, Lily –pidió cuando llegaron a la puerta trasera. Luego subió la escalera con la joven en brazos.

Cuando llegaron al dormitorio, la luz de la luna se filtraba a través de las cortinas descorridas e iluminaba la amplia cama.

–Quiero que estés segura de que esto es lo que deseas –dijo Rick con la voz cargada de pasión. Las dudas de Lily se desvanecieron.

–Hablas demasiado –murmuró al tiempo que le enlazaba la cintura con los brazos.

Rick respiró a fondo. Las manos le temblaban y la sangre rugía en sus oídos.

A pesar de sus palabras descaradas, la ansiedad oscurecía los ojos de Lily.

Tras besarla por toda la cara, Rick hundió la nariz en la fragante suavidad del cuello mientras deslizaba las manos sobre el jersey hasta las caderas. Luego la atrajo hacia su cuerpo dolorido de deseo. La sangre hervía en sus venas en tanto los dedos de Lily acariciaban su cintura. Entonces, las manos de Rick se aventuraron hacia los pechos de la joven mientras ella le besaba el mentón y capturaba sus labios. Los dedos de Rick acariciaron los pezones endurecidos y ella gimió en su boca.

Mientras tanto, la lengua embestía dentro de la boca de Lily del mismo modo que quería embestir su cuerpo. El pulso le martilleaba en los oídos y el corazón golpeaba contra las costillas. No, no podía esperar.

Entonces le quitó el jersey y el leve sujetador hasta que los pechos suaves y cálidos estuvieron en sus manos. Rick hundió la cara entre ellos mientras los dedos de la joven se enredaban en los cabellos y lo atraía más hacia sí.

Rick se quitó la ropa con impaciencia y quedó en calzoncillos, porque explotaría si ella lo tocaba. Luego le quitó los pantalones e hizo una pausa para saborear sus largas pierna, las caderas cubiertas por la braguita blanca, la esbelta cintura y los pechos redondos.

¿Por qué demonios escondía ese cuerpo maravilloso?

Sus miradas se encontraron. Las pupilas de Lily se habían dilatado y jadeaba. Arrodillado sobre ella, inclinó la cabeza para robarle un beso fugaz. Estaba tan cerca del límite que no se arriesgó a más.

El abdomen de la joven se estremeció al sentir que los dedos le quitaban la braguita y, muy pronto, Rick palpó la húmeda calidez de su intimidad. Sí, estaba preparada para él.

Sólo las joyas adornaban el cuerpo de la mujer. Nunca había experimentado una visión más sensual que la de Lily esperándole, cálida y húmeda.

Él acarició su aterciopelada intimidad con mano temblorosa y le besó los pechos hasta que ella empezó a gemir. Rick apretó lo dientes y luchó por controlarse cuando ella llegó al clímax. Sólo entonces terminó de desnudarse.

La mirada apasionada de la joven se vertió sobre el cuerpo de Rick como aceite hirviendo. Tras sentarse lentamente, lo alcanzó con la mano. Una sonrisa seductora curvaban sus labios hinchados. Él le tomó la mano, besó la palma y retiró los largos dedos de la zona peligrosa. Luego se recostó junto a Lily y vació su mente de cualquier pensamiento excepto de la urgencia de su deseo de ella.

–¿Tienes preservativos? –preguntó Lily, con la voz enronquecida.

Maldición, casi lo había olvidado. Rick sacó una cajita del cajón de la mesilla de noche. Los había comprado la semana anterior, cuando decidió que tenía que aplacar su sed de Lily.

–Rick, ¿pasa algo?

–Nada, salvo que me tienes tan excitado que no puedo pensar con claridad.

–¿Yo?

¿Cómo podía dudar de los estragos que provocaba en su cuerpo?

–¿Ves a alguien más aquí? –preguntó, temblando.

Los labios de la joven se curvaron en una sonrisa. Luego le enlazó el cuello con las manos y lo atrajo hacia sí.

Los suaves pechos se acomodaron contra el torso de Rick y sus muslos se enlazaron con los de ella. La piel satinada se estremecía cada vez que él la tocaba. Cuando ya no pudo soportar más la excitación, le separó las piernas y se arrodilló entre ellas.

Rick observó la tensión en la cara de la joven.

–¿Lily?

–Por favor. Ámame, Rick.

–Lo haré... con la mayor... suavidad –prometió al tiempo que la penetraba. Las uñas de Lily se clavaron en la cintura masculina. De pronto, alzó la vista aturdido por la sorpresa.

–¿Lily? –murmuró, confundido.

Sin responder, los labios femeninos rozaron su hombro y deslizó la punta de la lengua por la clavícula. Enardecido, Rick hundió la cara en el cuello de Lily y empezó a moverse dentro de su cuerpo.

Las uñas de Lily le arañaron la espalda. Él se posesionó de su boca y aumentó su ritmo hasta que la espalda de la joven se arqueó y sus gemidos se convirtieron en un grito de placer. El orgasmo femenino atrapó a Rick que casi de inmediato explotó en un clímax con la fuerza de las aguas de un dique roto.

Luego se desplomó junto a ella al tiempo que intentaba recuperar el aliento. Apoyado en un codo, contempló la cara enrojecida, los ojos soñolientos y la leve sonrisa que curvaba los labios hinchados. Ella se ovilló junto a él. ¿Qué había sucedido? Nunca había hecho el amor con una mujer virgen. No tenía nada que ofrecer y no merecía ese regalo irrevocable.

Seguramente había heredado los defectos de su padre, pero nunca cometería el error de casarse y hacer sufrir a una mujer por el resto de su vida.

–¿Por qué no me dijiste que eras virgen?

Capítulo Siete

El corazón de Lily cayó en picado al oír el tono irritado de Rick.

–¿Las cosas habrían sido diferentes si hubiera tenido más experiencia?

Él bajó de la cama y fue hasta la ventana.

–No puedo ofrecerte una relación duradera, Lily.

Lily sintió una inesperada punzada de dolor en el pecho.

–No lo he pedido.

Rick la miró por encima del hombro.

–No quiero que me interpretes mal. El anillo...

Ella alzó una mano.

–Ya lo discutimos, Rick. Sé que el joyero cometió un error. Desde el principio de este fiasco dejaste claro que no buscas una esposa. Así que relájate.

–Es bueno que lo entiendas, porque no puedo.

–¿No puedes o no deseas relacionarte con una mujer como yo?

Él se llevó las manos a las caderas.

–¿Qué quieres decir?

El hombre debería haber posado para una estatua de jardín. Lily no podía concentrarse ante la visión de los amplios hombros, la estrecha cintura y su flagrante virilidad. La luz de la luna se reflejaba en su espléndido cuerpo.

Envuelta en la sábana, Lily se arrastró hasta el borde de la cama y se puso las braguitas.

–No soy tu tipo de mujer.

Con un suspiro, Rick se pasó la mano por el pelo.

–Tú no eres el problema, Lily. Soy yo. Soy digno hijo de mi padre. De tal palo tal astilla.

Al oír la voz llena de dolor, Lily se detuvo.

–No comprendo –dijo, con el sujetador en la mano.

Rick guardó un largo silencio.

–Mi niñera y su novio me raptaron cuando tenía cinco años –dijo, al fin–. Mi padre no creyó que yo valía el medio millón de dólares que pedían por mi rescate. Se negó a pagar.

Lily dejó escapar una exclamación ahogada.

–¿Por qué no? ¿Cómo lograste escapar?

–¿Por qué? Porque nada es más importante para mi padre que el dinero. Ni mi madre, ni yo. Y, por fortuna para mí, mi niñera no era una asesina. Me dejó abandonado en un centro comercial cuando se dio cuenta de que no iba a conseguir el dinero. Aunque asustado y hambriento, salí ileso –murmuró–. Pero eso no cambia la situación. Tengo treinta y cuatro años y nunca me he enamorado. Soy como mi padre. Un bastardo insensible, incapaz de amar.

Lily sintió que se le partía el corazón. Rick Faulkner parecía tenerlo todo. Pero, de alguna manera, no era diferente a ella. También anhelaba el amor de su padre.

La simpatía y necesidad de consolarlo se sobrepuso a todo lo demás. Sin terminar de vestirse, fue hacia la ventana y le puso una mano en el brazo, aunque lo que realmente deseaba era abrazarlo.

–No creo que seas un hombre insensible.

Rick apretó las mandíbulas.

–Te engañas.

–Adoptas a los perros extraviados y rescatas a ardillas indefensas.

–Son animales, no personas. No piden mucho a cambio.

–Los mecanismos son los mismos. Además, quieres a tu abuelo. Lo percibí en tu voz cuando hablabas de él y lo veo en tu decisión de perpetuar su sueño –dijo con dulzura–. Amas a tu madre –añadió al ver que no lo convencía.

–Todo el mundo ama a su madre –afirmó. Lily desvió la mirada. En su adolescencia hubo días en que odió a Joann West y la culpó por haber amargado su vida–. No te enamores de mí, Lily. Te romperé el corazón.

La advertencia llegó un poco tarde. Igual que su madre, se había enamorado de un hombre que no podía prometerle un futuro. ¿Cómo se sentiría si concebía un hijo de Rick? No dudaba que amaría al niño y lo educaría... del mismo modo que su madre lo había hecho. Sí, le debía una disculpa.

–Debería irme a casa.

–Es tarde. Quédate –dijo, con la soledad reflejada en los ojos.

Si aceptaba su invitación, entonces tendría que aceptar sus condiciones.

Rick Faulkner era un ser adorable y era hora de que alguien se lo demostrara. Ese alguien era ella. Entonces enlazó los dedos con los suyos y apoyó la mejilla en su pecho.

–De acuerdo.

–Lily, si sigues mirándome así nunca vamos a desayunar.

Rick yacía en la cama con los brazos detrás de la cabeza. La luz del sol se filtraba a través de las cortinas que había olvidado cerrar la noche anterior. Se había puesto unos pantalones cortos de gimnasia antes de bajar en busca de café para ambos, pero los pantalones no pudieron ocultar el efecto que Lily ejercía sobre él cuando salió del cuarto de baño.

Los ojos oscuros de la joven brillaron de malicia y de femenina confianza en sí misma.

El orgullo de haber contribuido a esa confianza no pudo borrar completamente la culpa de Rick por haberle robado la inocencia.

¿Qué tenía esa mujer para despertar de ese modo su apetito sexual y su ternura? Después de hacer el amor muchas veces durante la noche, aún no había descubierto la clase de influencia que ejercía sobre él y su deseo de ella permanecía inalterable.

En ese momento, la joven tenía los hombros salpicados de gotas de agua, la toalla anudada en el pecho, la cara lavada y el cabello húmedo bien peinado.

Lily se aproximó a él.

–¿Llamaste a tu oficina?

–Llamé a mi secretaria y le dije que iría después de comer.

–¿Nunca te habías tomado la mañana libre?

Rick no podía creerlo. La empresa de su abuelo siempre había sido lo primero para él y la anteponía a cualquier cosa o persona.

–Nunca. Ven aquí –dijo al tiempo que la atraía hacia sí.

Las largas piernas de Lily quedaron entre las caderas de Rick que le alborotó el pelo con una mano y con la otra acarició la toalla que le cubría los glúteos.

–¡Ricky! – se oyó una voz escandalizada desde el umbral de la puerta.

Lily saltó de la cama.

Tras echar una maldición, Rick se incorporó con más lentitud, su libido totalmente apagada.

–Mamá, deberías avisarme antes de venir o al menos llamar a la puerta.

–Lo hice, pero como no abrías, utilicé mi llave. Llamaste a la oficina diciendo que no te encontrabas bien. Estaba preocupada –explicó y luego alzó una ceja–. ¿Lily?

–¿Cómo está, señora Faulkner?

Rick le lanzó una mirada fugaz. El rubor teñía las mejillas de la joven. Los nudillos que apretaban la toalla contra su pecho estaban blancos y contrastaban sorprendentemente con la sortija de rubíes en el dedo. Maldición. El anillo. Sólo le quedaba esperar que por una vez su observadora madre no se diera cuenta.

–¿La conoces?

–Desde luego. Lily cuidó mis rosas durante un tiempo, pero no sabía que os conocíais –respondió antes de abrir los ojos desmesuradamente–. ¿Ése es un anillo de compromiso? –preguntó. Rick sintió que se le caía el estómago–. Ricky, ¿pensabas sorprendernos con un anuncio oficial en la fiesta?

Su emoción era indescriptible.

Oh, demonios, si admitía que sólo dormían juntos arruinaría las posibilidades profesionales de Lily con su madre y las amigas del Club Botánico cuyos valores morales eran decididamente anticuados. Y si Lily no tenía oportunidad de conseguir trabajo con ellas no había ninguna razón para que lo acompañara al baile y lo ayudara a desenmascarar a Alan.

Un invisible nudo corredizo le apretó el cuello.

–Sí, mamá, es un anillo de compromiso.

Lily alzó la cabeza hacia él con una mirada cargada de preguntas. Preguntas que deseó que guardara para sí misma hasta que su madre se marchara.

Rick se inclinó para besarla en la boca entreabierta por la sorpresa.

–Lo siento, nena. Sé que prometí guardar nuestro secreto –declaró mirándola fijamente. Lily parpadeó, vacilante. Su silencio duró tanto que Rick pensó que lo iba a traicionar–. Esto significa que no tendremos que esperar para pedirle a mamá que te permita cuidar de su jardín –se apresuró a decir en tanto le apretaba con fuerza el hombro, rígido de tensión.

–Me imagino... que no –admitió respirando con dificultad.

Rick miró a su madre con una sonrisa forzada.

–Mamá, Lily y su hermano han abierto su propia empresa paisajística. Tal vez quieras cambiar a los servicios de tu empresa actual por los de Gemini Landscaping.

Radiante, la madre se precipitó hacia ellos. Primero abrazó a su hijo y luego a Lily.

–Por cierto que deseo que la empresa de mi nuera se haga cargo de mis preciosas rosas. Si quieres saber la verdad, mi jardín no ha sido el mismo desde que te marchaste, Lily. La empresa Dolby tiene una excelente reputación, pero carecen de tu habilidad, y el jardinero nuevo no quiere que lo estorbe.

–Gracias –Lily respondió en un tono suave e indeciso, nada parecido al de la mujer que él conocía–. Mañana pasaré por su casa para ver el estado del jardín y le haré un presupuesto. ¿Le parece bien, señora Faulkner?

–Llámame Barbara. Ve a casa sobre las tres y luego te quedas a cenar. Discutiremos los detalles de la boda.

Lily se puso pálida.

–Mi madre estará en Arizona un mes más. Preferiría no tomar decisiones hasta su regreso.

–Claro que sí, pero no dejes de ir mañana. Estoy segura de que Rick sacará un tiempo para acompañarnos a cenar –dijo dirigiendo una mirada perentoria a su hijo–. Y ahora déjame ver ese anillo. Me encantan los rubíes. Y los corazones. Ricky, no tenía idea de que eras un romántico.

Rick la dejó parlotear durante cinco minutos y luego se aclaró la garganta.

–Mamá, Lily y yo tenemos que prepararnos para ir al trabajo.

–Desde luego. Hasta mañana, Lily.

Rick fue a despedirla hasta la puerta de la calle. Cuando subió al dormitorio, Lily ya se había vestido y lo esperaba, roja de rabia.

–¿Estás loco? Dijiste que sería tu pareja, no tu novia. Mentiste y me arrastraste en tu mentira. Debí haberme quitado el anillo...

–Si le hubiera dicho que no estamos comprometidos...

–Sé lo que habría sucedido, pero aprecio a tu madre. Cuando trabajaba para ella fue muy amable conmigo y no me hizo sentir fuera de lugar –murmuró. Su tono dolorido impactó a Rick–. Cuando tu madre descubra lo que hemos hecho, me va a despedir. Lo que menos necesito son malas referencias justo cuando intento sacar la empresa a flote.

–Dejemos las cosas como están uno o dos meses más y luego encontraremos el modo de separarnos sin daño para ninguno de los dos.

–Eso quiere decir hasta que te canses de dormir conmigo. ¿Sabes, Ricky? Es posible que yo me canse primero de ti.

Sin más, Lily giró sobre sus talones y salió precipitadamente de la casa.

Lily estacionó el camión frente a su puerta y apoyó la cabeza en el volante. No le sorprendía que el nombre de Rick le hubiera sido familiar cuando lo conoció. La madre siempre había mencionado a su querido Ricky cuando trabajaba con Lily en el jardín y desesperaba por no tener nietos a causa de las relaciones pasajeras de su hijo.

Y ella se había convertido en una de esas relaciones pasajeras. Odiaba mentir, pero si no seguía adelante con esa estúpida comedia no tendría oportunidad de conseguir clientes ni de ver a su padre. Aunque todo eso no valía el respeto que se debía a sí misma. Lily decidió decir la verdad a Barbara al día siguiente.

Unos golpecitos en la ventanilla la sobresaltaron. Era Trent. Eran las diez de la mañana y Lily bajó del camión con la esperanza de que no le preguntara dónde había pasado la noche.

–Hemos perdido a la empresa Cinamon Ridge Apartment. Tu antiguo jefe les ofreció condiciones más ventajosas que las nuestras.

–Maldición, no puede seguir haciendo eso. Está perdiendo mucho dinero.

–¿Por qué diablos Roger Dolby nos odia tanto?

Lily nunca hablaba de su vida privada con Trent. Rick no se había equivocado al comentar que su hermano era protector. Trent había ahuyentado a los pocos chicos que se habían atrevido a pedirle una cita en el instituto y más tarde en la universidad, pero en ese momento decidió que era necesario que supiera la verdad.

–Me negué a dormir con Roger Dolby y eso le sentó muy mal. Cuando le anuncié que me marchaba, dijo que pronto volvería arrastrándome a su empresa.

–¿Crees que continuará haciendo esas ofertas contra sus propios intereses hasta lograr la quiebra definitiva de Gemini?

–Me temo que sí, Trent. Así que si quieres volver a la seguridad de tu antiguo empleo, lo comprenderé.

Sin vacilar, Trent negó con la cabeza.

–Estoy contigo en esto. Pase lo que pase, Lil. En el peor de los casos tendremos que vender parte de la propiedad. Mamá podría quedarse con el terreno que rodea la casa.

–Sabes que odia tener vecinos y nunca ha consentido en vender nuestro patrimonio.

–¿Se te ocurre algo mejor?

Sí. Continuar con la farsa.

–Mañana por la tarde me voy a reunir con Barbara Faulkner. Si consigo que me contrate para cuidar su jardín, es posible que sus amigas del club hagan lo mismo. Eso nos daría dinero suficiente para salir a flote hasta que Dolby se canse de perder dinero.

–¿Tiene algo que ver con Rick Faulkner y tu ausencia de casa la noche pasada?

–Sí.

–Lily, no quiero que Faulkner te rompa el corazón.

–No sucederá, hermano. No está en mis planes –afirmó penosamente con la sensación de que muy pronto la fantasía de Cenicienta acabaría hecha añicos.

* * *

¿Qué debía ponerse para ir a ver a una mujer que ya se consideraba su suegra?

Lily buscó en su armario entre la ropa que su madre le había regalado el año anterior con el propósito de convencerla de que llevara prendas más femeninas.

Lily trabajaba en un campo manifiestamente varonil, así que había optado por llevar las amplias camisas de Trent cuando Roger empezó a hacerle insinuaciones.

No podía ponerse algo muy elegante porque tendría que tomar muestras del suelo de los jardines. Así que eligió unos pantalones holgados con un jersey a juego de un color marrón chocolate y zapatos planos. Tras arreglarse el pelo y maquillarse discretamente, salió de la casa.

No tardó demasiado en llegar a Briarwood Chase. Antes de decidir si debía entrar por la puerta trasera, Barbara Faulkner apareció en el porche delantero, vestida con un elegante traje negro de chaqueta y pantalón.

–Buenas tardes, Lily.

–Buenas tardes, señora Faulkner –saludó intentando ocultar sus nervios

–Barbara –corrigió al tiempo que la inspeccionaba con una mirada azul muy parecida a la de Rick–. Antes de seguir adelante, tengo que hacerte una pregunta. ¿Estás enamorada de mi hijo?

Lily tragó saliva.

–Me temo que sí.

–En ese caso, entra un momento. Quiero que conozcas a unas cuantas amigas –dijo sonriendo–. Lily, si cuidas a mi hijo con el mismo amor que cuidabas de mis rosas, Rick será un hombre muy afortunado –añadió al tiempo que la tomaba del brazo y se encaminaban a un gran vestíbulo de mármol con una amplia escalera. Lily oyó un parloteo de voces femeninas.

–Acabamos de terminar el té. Quiero que conozcas a las socias del Club Botánico.

Lily tragó saliva, llena de aprensión. De inmediato reconoció a las once elegantes mujeres porque solían aparecer en las páginas de sociedad de los periódicos. Las mujeres de la alta sociedad de Chapel Hill le devolvieron la mirada.

–Buenas tardes –saludó con una sonrisa temblorosa.

–Ésta es Lily West, la novia de Ricky. Durante un tiempo hizo prodigios en mi rosaleda y ahora los va a hacer con mi hijo.

Lily oyó comentarios y exclamaciones ahogadas.

–Ya era hora.

–¿La paisajista?

–Sí –respondió Barbara, con la firmeza de una reina.

Las mujeres se presentaron una por una. Lily había trabajado en la mayoría de sus jardines así que no dejó de hacer un comentario agradable sobre la arboleda de la señora Cain, el estanque con peces dorados de la señora Nichol, el pequeño huerto de la señora Hayes, en fin.

–Tendréis que disculparnos. Lily va a echar un vistazo a mis rosas. Veremos si puede reparar los daños que ha hecho la empresa Dolby. Otro día hablará con vosotras respecto a vuestros jardines.

Le pediré que me deje varias tarjetas de visita –dijo Barbara.

Las mujeres se retiraron en fila. Estaba claro que la señora Faulkner ejercía una gran influencia en el grupo.

–Las has dejado encantadas. Se ve que conoces tu oficio –comentó Barbara–. Te llamarán. ¿Te apetece una taza de té antes de salir al jardín?

–No, gracias. Iré a buscar las herramientas para examinar el suelo –dijo, sin alegría por el éxito que acababa de obtener.

Su triunfo se basaba en una mentira.

Capítulo Ocho

Rick maldijo su tardanza cuando finalmente el vehículo se internó por el sendero de entrada a la casa. Una llamada urgente le había obligado a detenerse en uno de los sitios de trabajo.

Tras abrir la puerta, fue directamente al salón guiado por la voces que se oían desde allí. Su padre se encontraba de pie junto a la chimenea, su madre en su sillón y Lily, vestida en un tono chocolate a juego con sus ojos, sentada al borde del sofá con un vaso de vino en la mano. ¿No le había dicho que no bebía vino?

Al verlo, sus ojos brillaron de alivio. Rick la besó en los labios antes de que ella pudiera hablar.

–Siento la tardanza.

Una sonrisa tembló en los labios de la joven.

–No llegas tarde. Hace muy poco que tu madre y yo hemos vuelto del jardín.

Rick le quitó la copa de las manos y se la bebió de un trago.

–¿Prefieres un vaso de agua?

–Sí... por favor.

Rick fue al bar y de inmediato volvió junto a ella. Lily aceptó el vaso con dedos temblorosos mientras él se acomodaba a su lado.

–Papá, mamá –saludó en tanto enlazaba sus dedos con los de la joven.

–Así que te has comprometido –dijo su padre.

–Sí, señor –respondió Rick apretando la mano de Lily.

–¿Crees que esto influirá en mi decisión?

–Sólo tú lo sabes.

–Antes de tu llegada pregunté a Lily si pensaba abandonar su trabajo después de la boda. No me ha respondido.

–No, señor, no he pensado dejar mi trabajo. Mi hermano depende de mí para lograr los objetivos que nuestra empresa se ha propuesto.

–¿Y cuáles son esos objetivos?

–Soy copropietaria de Gemini Landscaping. Trent es arquitecto paisajista. Él se encarga de diseñar los proyectos y yo, como especialista en horticultura, de llevarlos a la práctica y de supervisar el trabajo del equipo de mantenimiento.

–Estoy seguro de que Rick tendrá el buen juicio de insistir en un acuerdo prematrimonial.

Rick ardió de rabia.

–Nada me complacería más –replicó Lily, al instante.

–No me gusta la idea de que mi nuera se dedique a remover la tierra de los jardines.

Rick no se había dado cuenta de que su padre era un esnob. Se puso de pie con las manos empuñadas a los costados.

La madre también se levantó y le tomó el brazo.

–¿Por qué no, Broderick? Tu esposa también remueve la tierra igual que todas mis amigas.

Creo que debemos ir a cenar. Avisaré a Consuela. Rick, por favor conduce a Lily al comedor –pidió antes de salir de la sala.

–Estaremos allí en un minuto –dijo Rick, sin mirar a su padre. Broderick salió de la habitación–. Lamento que tengas que soportar esto. Una de las razones por las que no quería presentar a mi pareja hasta la noche del baile era para evitar a mi padre. En la fiesta estará demasiado ocupado para comportarse de modo tan detestable.

Lily sacudió la cabeza.

–No es detestable, Rick. Se preocupa por ti y quiere que seas feliz. Creo que piensa que te voy a esquilmar.

–Te dije que el dinero era su prioridad.

¿Es que ella no veía al bastardo insensible que habitaba en ese hombre? Aunque no siempre había sido así. Rick conservaba el vago recuerdo de un hombre que disfrutaba jugando con un tren eléctrico tendido en el suelo junto a su pequeño; pero ese hombre se había desvanecido después del secuestro.

Rick hizo que Lily lo precediera camino al comedor, pero ella se detuvo de golpe en el umbral de la puerta y él chocó contra su espalda.

La madre había sacado sus galas. En cada puesto había loza y cubiertos para tres platos y copas para dos tipos de vino, agua y té helado. Él se había criado con todo ese refinado despliegue en la mesa. A veces olvidaba que otros no habían tenido esa suerte.

–Los cubiertos se utilizan desde fuera hacia

dentro. Fíjate en mí o en mi madre. Lily, estás preciosa esta noche –susurró con los labios rozándole el lóbulo de la oreja. Ruborizada por el cumplido, la joven se estremeció al sentir su contacto. Las manos ciñeron aún más su cintura al tiempo que la atraía hacia la calidez de su cuerpo. Ella le sonrió por encima del hombro y, tras respirar a fondo, entró en el elegante comedor.

«¿De modo que así era cómo vivía la otra mitad del mundo?»

Lily se sintió totalmente fuera de lugar. Rick la acomodó a la derecha de su padre y la joven rezó para no ponerse en ridículo antes de que finalizara la cena. Rick se sentó frente a ella.

Una mujer latinoamericana entró con una botella de vino.

–No le sirva vino a ella ni a mí, Consuela. Lily, ¿prefieres agua o té helado?

–Agua, gracias.

–Lo mismo para mí.

–Es bueno tenerlo aquí, señorito Rick. Su madre me pidió que preparara sus platos favoritos.

–Estoy seguro de que la comida estará exquisita, como siempre. Usted sabe cómo llegar a mi corazón, Consuela.

Sonrojada de placer, la mujer se retiró a la cocina.

Durante la cena, la señora Faulkner se hizo cargo de la conversación y reveló un hecho importante. Ian Richmond asistiría a la fiesta. Lily sintió que se le aceleraba el corazón, pero ocultó su ansiedad y luego participó discretamente en la conversación general. A la hora de los postres, observó que sólo le quedaba un tenedor y una cuchara de té. Entonces pensó que tal vez iba a superar esa velada con la dignidad intacta.

El señor Faulkner le dirigió una mirada por encima de la taza de café.

–¿Quiénes son tus padres, Lily?

La joven tragó saliva.

–Mi madre y mi padrastro se criaron en el campo, en las afueras de Chapel Hill.

–¿Y tu padre?

La temida pregunta la sobrecogió. No podía decir la verdad. Lily intentó tragar el nudo que tenía en la garganta.

–Mi padre nunca formó parte de nuestras vidas.

–Entiendo que sabes quién es.

–¡Broderick! –exclamó la señora Faulkner.

–Abandonó a mi madre cuando se enteró de que estaba embarazada.

–¿Y qué te hace pensar que serás una buena esposa para mi hijo?

–Ya es suficiente –intervino Rick con voz airada antes de arrojar su servilleta sobre la mesa–. Lily es una invitada en tu casa. Merece ser tratada con respeto.

–Simplemente intento saber si es la mujer adecuada para ti.

Las facciones de Rick se endurecieron.

–Es mi decisión, no la tuya.

–¿De veras? ¿Tendría que permitir que eligieras a alguien que se interpusiera en tu trabajo? ¿Alguien que te hiciera llamar a la oficina alegando que estás enfermo? –preguntó con ironía.

Las mejillas de Lily se encendieron. Parecía que su aventura con Rick concluiría más pronto de lo que pensaba.

–Anoche te eché de menos –dijo Rick en el sendero de entrada junto al vehículo de Lily.

–Bueno, ambos necesitábamos un pequeño descanso después de ... la noche del lunes –comentó, su rostro iluminado por la luz de la luna.

–¿Te hice daño esa noche? –preguntó en tanto le acariciaba la mejilla.

–Desde luego que no.

–Ven a casa conmigo.

–No puedo. Trent me espera para que le informe sobre la reunión que tuvimos con tu madre –murmuró mientras Rick le mordía suavemente la oreja. Lily se estremeció contra su cuerpo–. Rick, tus padres...

–No nos pueden ver –dijo antes de capturar los labios y devorar la boca femenina–. Déjame ir a tu casa.

–No. Mi hermano podría pegarte un tiro.

Rick se echó a reír.

–Una complicación indeseable.

Lily se mordió el labio.

–No le causé buena impresión a tu padre. Tal vez deberías replantearte tu elección de pareja para el baile.

Era demasiado tarde para hacer cambios. Además deseaba a Lily a su lado, con ese vestido rojo tan sensual.

–Un hombre equilibrado no se compromete

un día y al siguiente llega a una fiesta con otra mujer.

–Rick, no quiero ser un lastre para ti.

–No lo eres. Tú eres una mujer inteligente, capaz y educada. Mi padre lo verá por sí mismo si es tan listo como creo. Nos quedan tres días para el baile. Deseo pasar contigo el mayor tiempo posible.

Tres días. Y después, ¿qué?, pensó Rick.

–Mañana podríamos comer juntos –sugirió Lily, titubeante–. Incluso puedo llevar el almuerzo.

–¿Bocadillos de mantequilla de cacahuete? –preguntó con una risita.

–Puedo hacer algo mejor que eso –sugirió con una sonrisa y una promesa muy sensual en los ojos oscuros.

Rick se apartó de ella a regañadientes.

–Entonces nos veremos mañana, a mediodía. Y que sea un almuerzo muy largo, Lily.

Lily bajó del camión con la cesta de la comida y se dirigió a la entrada mientras Maggie la saludaba con sus ladridos. El amo seguía a la perra a unos pocos pasos.

Llevaba una camisa blanca y unos holgados pantalones negros.

Tras quitarle el cesto de las manos, la besó apasionadamente. Ella lo abrazó con fuerza, los suaves pechos contra el torso masculino y su lengua le devolvió el beso con la misma urgencia.

–Ten piedad de mí. Será mejor entrar antes de

que nos arresten –murmuró Rick más tarde, con un gemido.

Una vez en la cocina, se volvió hacia ella.

–¿Lily?

–Dispongo de dos horas antes de reunirme con Trent en el molino.

Rick aspiró una gran bocanada de aire.

–¿Tienes hambre? –preguntó con doble intención.

Ella comprendió de inmediato.

–No mucha –murmuró.

Rick la tomó en brazos y subió la escalera.

En el dormitorio, la dejó de pie junto a la cama y empezó a desnudarla lentamente. Tras quitarle la camisa y el sujetador, sus manos capturaron los pechos de la joven. Con un gemido, hundió los dedos en los cabellos de Rick y echó la cabeza hacia atrás.

Las manos de Rick se aferraron a su cintura y la sentó al borde de la cama. Entonces se arrodilló entre las piernas de Lily y ella, apoyada en los brazos, se echó hacia atrás para ofrecerle su cálida y húmeda intimidad que la boca de Rick acarició con urgencia. Inesperadamente, sintió que el orgasmo invadía su cuerpo en cálidas ondas mientras Rick apoyaba la mejilla en su muslo.

Ella le desató el cinturón y luego bajó la cremallera de los pantalones mientras él se quitaba la camisa. Lily terminó de desnudarlo y entonces tomó en su boca el miembro viril y lo acarició muy suavemente con la lengua. Rick dejó escapar un gemido, los dedos enredados en los cabellos de la joven.

–Lily, no puedo...

Nunca antes lo había hecho, pero había oído que esa caricia producía mucho placer a los hombres. Y ella quería que Rick sintiera placer así que continuó acariciándolo del mismo modo que él le había enseñado la noche del lunes.

–Lily, para. Por favor...

Lily alzó la mirada.

–¿No te gusta?

–Me gusta demasiado –murmuró con la voz enronquecida mientras la ponía de pie y luego la besaba apasionadamente.

–¿Quieres algo?

–Sí, a ti. Cálida, húmeda, dispuesta para mí. Pero dame un segundo.

Entonces Lily comprendió que Rick estaba al borde del orgasmo debido a sus caricias. Una ola de fuego recorrió su cuerpo y se tendió en la cama, preparada para recibir a su amante. Su amante. En fracción de un segundo supo que lo quería como su amante y no por dos semanas, dos meses ni incluso por dos años. Lo quería en su vida para siempre.

–¿Así que quieres jugar sucio, no es así?

–¿Y si así fuera? –preguntó ella, entre risas.

–Muy bien –gruñó Rick y entonces puso las piernas de Lily sobre sus hombros y penetró en su cuerpo.

De pronto, ella lo apartó. Haría cualquier cosa para mantenerlo en su vida, menos atraparlo con un hijo.

–Espera. Protección.

Rick se puso el preservativo y luego se acercó

a ella. La tomó de las muñecas que colocó a ambos lados de la cabeza y volvió a entrar en lo más profundo de su aterciopelada intimidad.

Sonriendo contra la boca masculina, con la planta de los pies Lily acarició las piernas poderosas, las pantorrillas, los muslos y los glúteos. Rick gimió contra su cuello mientras aumentaba el ritmo de su presión. De pronto, ella sintió el orgasmo como una violenta erupción y segundos después Rick se estremeció y cayó sobre los codos. Ambos respiraban al mismo compás, entrecortadamente.

Rick le despejó un mechón de pelo y besó su frente antes de acomodarle la cabeza en su hombro.

–Lily, ¿qué voy a hacer contigo?

«Ámame», fue lo primero que pensó, pero no quiso arruinar esos instantes de intimidad. Así que se limitó a presionar los labios sobre el corazón de Rick.

Sí, lo quería como nunca pensó que podría amar a un hombre.

Rick era incapaz de definir los sentimientos que se expandían en su pecho. Nunca antes había sentido tal armonía física con una mujer, pero apenas conocía a Lily West.

–¿Qué se siente al crecer sin un padre? –preguntó de pronto. Ella se puso rígida e intentó apartarse, pero él la besó en la frente ciñéndola contra su cuerpo–. Nunca nos hemos llevado bien con mi padre, pero siempre estaba allí; además tenía a mi abuelo. No me puedo imaginar cómo se siente alguien al no saber quién es su padre. Debe de haber sido difícil para ti en una ciudad pequeña como ésta.

Lily guardó un largo silencio.

–Sabía quién era –dijo finalmente, en un susurro. Rick percibió claramente su dolor–. Pero él no quiso saber nada de nosotros.

Rick sintió un nudo en la garganta. Era posible que su padre no lo quisiera tanto como a su dinero, pero le había dado un hogar estable y una esmerada educación.

–Lo siento –murmuró mientras le besaba la sien–. ¿Ayudó a tu madre económicamente?

–Su padre nos pagó para que olvidáramos la existencia de esa familia y añadió que si mi madre revelaba la paternidad, le quitaría la granja que ella había comprado con ese dinero.

–Pero tú no lo olvidaste.

–No.

–¿Fue muy duro crecer sin un padre?

Ella se separó de él y, tras envolverse en la sábana, se sentó al borde de la cama con los hombros erguidos y la barbilla alzada.

–No supe que era una bastarda hasta los ocho años cuando me lo dijo uno de los compañeros de escuela. Mamá se casó con Walt cuando yo tenía diez años. Fue un buen padre. Nos adoptó a Trent y a mí e hizo todo lo que se supone que un padre debe hacer. Yo lo seguía como una sombra. Sin embargo, entonces ya sabía que era una hija no deseada por su verdadero padre.

Con el pecho oprimido de compasión, Rick se sentó detrás de ella y la sostuvo contra su cuerpo.

–Él se lo pierde, Lily. Se quedó sin conocer a una gran mujer.

Con los ojos húmedos, ella le acarició el mentón.

–Gracias.

Rick pensó que no debía permitir que Lily se enamorara de él porque la haría sufrir y ya había sufrido demasiado. Merecía un hombre mejor que el hijo de Broderick Faulkner.

Capítulo Nueve

El teléfono sonó a las seis de la mañana.

–Buenos días, Cenicienta.

La voz profunda de Rick le produjo escalofríos y casi volcó la taza de café sobre el periódico.

–Buenos días.

–Ven a cenar conmigo esta noche.

–Rick –protestó.

Cuanto más pronto empezara a alejarse de él, menos doloroso sería el final

–Vendrán mis vecinos Lynn, Sawyer y Carter. Haremos una barbacoa. Quiero que los conozcas y que ellos te conozcan a ti –dijo. Lily sonrió con placer. Era una buena señal, ¿verdad?–. Y además tenemos que planear nuestra estrategia para mañana.

El placer desapareció dejándole un nudo en el estómago.

–¿A qué hora?

–Tan pronto como puedas llegar. Ah, y organízate para pasar la noche aquí –dijo y de inmediato cortó la comunicación antes de que ella reuniera valor para protestar.

Si las cosas no salían bien en el baile, ésa podría ser la última noche con Rick. Sería mejor vivir de la mejor manera los preciosos momentos que le quedaban.

Rick consultó su reloj y cerró el archivo. ¿Cuánto faltaba para ver a Lily? La cama estaba vacía sin ella. Sin embargo, merecía algo mejor que él.

Rick llevó el archivo a Kara, la secretaria que compartía con Alan. Se sentía muy frustrado. Durante las dos últimas semanas, secreta y sistemáticamente había revisado los archivos cuando Kara estaba ausente, pero no había encontrado nada cuestionable. El único lugar que quedaba sin registrar eran los cajones cerrados con llave del escritorio de Alan. No tenía copia y no sería fácil explicar la rotura de una cerradura. Como sabía que Kara estaba loca por Alan, no podía pedirle la llave sin que ella se lo contara a su primo. Necesitaba pruebas para que su padre no considerara su acusación como un intento de eliminar a Alan.

Cuando entró en el despacho, la rubia secretaria recibió el archivo con una sonrisa.

–¿Nos veremos mañana por la noche? Todo el personal irá a la fiesta de papá.

–No –respondió, repentinamente seria–. Alan irá con su novia.

El dolor y los celos en su voz sorprendieron a Rick. ¿No estaría verdaderamente enamorada de Alan?

–¿Sabes que mi padre va a nombrar a su sucesor durante la fiesta?

–Sí. Te deseo buena suerte.

–Kara, no hace falta que te diga que Alan tiene una oportunidad igual a la mía.

Ella tragó saliva y desvió la mirada.

–Lo sé.

–Si Alan llega a ser director ejecutivo podría haber cambios en la empresa. Si tienes algún motivo para pensar que no merece el puesto, te agradecería que se lo hicieras saber a mi padre o a mí.

Kara se puso pálida y recogió su bolso con manifiesta agitación.

–No sé qué quieres decir.

–Me refiero a discrepancias entre los contratos, por ejemplo –sugirió. Ella lo miró con los ojos abiertos de par en par. «Sabe algo», pensó Rick con las mandíbulas apretadas–. Nuestra seguridad económica y laboral depende de que llevemos la empresa de un modo irreprochable. Ya sabes lo que dice mi padre: «La reputación lo es todo».

Ella volvió a tragar saliva y evitó mirarlo.

–Que te diviertas mañana. Y que gane el mejor –dijo al tiempo que pasaba junto a él con la cabeza inclinada.

–Kara –insistió–, si sabes de algo que pueda contribuir a que mi padre decida lo mejor para el futuro de la compañía, mañana estaré todo el día en casa. Tienes mi número de teléfono.

Con una mirada furtiva, la secretaria se apresuró hacia la escalera, llevándose la única posibilidad de obtener alguna prueba contra Alan.

* * *

Ésa era la clase de vida que deseaba, pensó Lily mientras seguía a los amigos al estudio. Rick se sentó junto a ella en el sofá.

Durante la cena los hombres se habían comportado con una familiaridad fraternal, y Lily envidió los lazos que los unían. Ella no tenía relaciones tan estrechas con nadie. Rick y Sawyer se conocían desde el instituto. Carter, un ex marine de pelo negro y ojos azules, era miembro del grupo desde que compartió habitación con Sawyer en la universidad.

En el otro extremo de la habitación, Lynn mecía a su pequeño para que se durmiera. Lily anheló unos lazos como ésos con Rick. El bebé de Rick.

–Muchachos, necesito vuestra ayuda para elaborar una estrategia –dijo Rick al tiempo que ponía la mano en la rodilla de Lily.

–¿Qué clase de estrategia? –preguntó Carter, repantigado en el sillón de piel, con una cerveza en la mano.

–Creo que Alan está estafando a la compañía. Necesito encontrar un modo de atraparlo antes de que mi padre lo nombre director ejecutivo de la empresa –explicó. Carter y Sawyer se pusieron alertas–. Desde hace un tiempo sospechaba que hacía cosas turbias, pero no tuve la certeza de que había cifras que no concordaban hasta que Lily nos llevó el contrato que le hizo nuestra compañía. Alan informó al consejo de administración que pagaba a la empresa de Lily cinco mil dólares más de lo que estipulaba su contrato. Ella dice que su hermano recuerda haber firmado dos copias. Creo que Alan hizo dos versiones distintas.

–¿Quieres que me introduzca en los archivos de su ordenador? –preguntó Carter.

–No, no quiero hacer nada ilegal que pudiera invalidar las pruebas y tampoco quiero crearle dificultades a tu empresa de seguridad.

–¿Has revisado los archivos de Alan? –preguntó Sawyer.

–He revisado todo lo que ha estado a mi alcance sin descerrajar los cajones de su escritorio. Nuestra secretaria sabe algo, pero hoy no pude sacarle nada. Eso nos lleva al Plan B.

–Oigamos el Plan B –dijo Carter.

–Lily se va a enfrentar con Alan en la fiesta. Le hablará de ese contrato deshonesto con el fin de arrancarle una confesión.

–Necesitará una grabación. Tengo un micrograbador. Ella podría llevarlo en el bolso –ofreció Sawyer.

–No tengo un bolso que haga juego con el vestido –dijo Lily.

–Si me lo describes, tal vez encuentre algo adecuado –sugirió Lynn.

–El vestido está en el armario de Rick. Te lo puedo enseñar.

–Primero estudiemos el plan –sugirió Rick.

–¿Qué harás si no consigues que confiese? –preguntó Sawyer.

Rick encogió sus tensos hombros.

–Mi conciencia no va a permitir que mi padre tome una decisión sin saber que algo sospechoso ocurre en la empresa. Le diré lo que sé, aunque mi testimonio no tendrá solidez sin pruebas que lo respalden.

–Si llegas al baile con Lily, pondrás a Alan en guardia –advirtió Lynn.

Rick lanzó a Lily una mirada apenada y le apretó la rodilla.

–Lynn tiene razón. ¿Estás de acuerdo?

Lily tembló interiormente.

–No pensarás que me atemoriza una pequeña fiesta, ¿verdad? –replicó pensando que tendría que enfrentarse sola a la elite de Chapel Hill.

Él le guiñó un ojo.

–Ésa es mi chica.

–Yo la llevaré –se ofreció Carter.

–Gracias, te lo debo –aceptó Rick.

–Así que si todo marcha bien, Lily conseguirá que tu primo hable y te entregará la cinta inculpatoria que tú enseñarás a tu padre, ¿no es así? –dijo Carter.

Rick asintió.

–Sí, ése es el plan.

Sawyer se volvió a su esposa.

–Parece un buen plan aunque preferiría que también hubiera una declaración escrita, pero en fin. Lynn, cuando veas el vestido de Lily nos iremos a casa a acostar a este pequeño tipo. Más tarde os traeré la cinta y el bolso.

–Despierta, Cenicienta –la voz profunda de Rick resonó en su oído. Lily se acomodó contra su cuerpo, poco dispuesta a abrir los ojos y empezar tal vez su último día con el hombre que amaba–. Sé que estás despierta. ¿Qué pasa con estos músculos tan tensos? –dijo Rick al tiempo que empezaba a besarla entre los omóplatos y a lo largo de la espalda.

Cuando le mordió suavemente la nuca, Lily dejó escapar un pequeño chillido de sorpresa.

–Ya te tengo –Rick le dio un masaje en los tensos músculos de los hombros y de la espalda. Mientras el masaje empezaba a relajarla, los dedos se deslizaron junto a los pechos y ella sintió una tensión muy diferente en el vientre. Rick acarició la intimidad de su cuerpo hasta que ella se estremeció, al borde del orgasmo.

Entonces Rick la penetró. Olas de éxtasis la recorrieron mientras las manos acariciaban sus cabellos, la espalda, los pechos. Parecía tocar exactamente donde su cuerpo necesitaba sus caricias. Rick aumentó el ritmo y repentinamente una inmensa ola de placer la invadió por completo. Lily dejó escapar un grito, seguido por el gemido de Rick y ambos alcanzaron el clímax. Luego, él la mantuvo entre sus brazos hasta que se calmaron totalmente.

De pronto, Lily se sentó en la cama.

–No utilizaste preservativo –exclamó, alarmada.

–No, lo siento. Es la primera vez que me pasa –dijo con los ojos muy abiertos.

Una mezcla de emociones encontradas invadió a la joven. Temor, pánico, esperanza. Entonces saltó de la cama y se acercó a la ventana. Oh, Dios. ¿Acababa de repetir el error de su madre?

¿Qué pasaría si Rick y ella no tenían un futuro

juntos? ¿Castigaría a su hijo con la misma vergüenza que ella había tenido que soportar?

–No te asustes. ¿En qué día del ciclo te encuentras?

–No tengo un ciclo regular. No lo sé.

Rick se acercó a ella y le puso las manos en los hombros.

–Lily, estoy contigo en esto. Pase lo que pase.

Ella lo miró a los ojos.

–No lo digas si no lo sientes.

Los ojos azules de Rick la miraron con seriedad.

–Sí lo siento.

Lily le acarició la mejilla.

–Sabes que estoy enamorada de ti. Te amo demasiado para intentar atraparte.

Rick retiró las manos de sus hombros y dio un paso atrás. Lily sintió que se le partía el corazón.

–Lily, soy un peligro para ti.

¿Qué había esperado? ¿Una declaración de amor eterno?

Las lágrimas se agolparon en sus ojos, pero no, no iba a llorar. Esa noche le iba a probar que lo amaba. Intentaría arrancar una confesión a su primo y así lo ayudaría a conseguir la promoción que tanto deseaba.

–No, no eres un peligro, Rick. Eres un hombre sorprendente, maravilloso, encantador. Y eres un amante tierno y generoso. Pase lo que pase después de esta noche, me alegra haberte conocido –declaró antes de besarlo en los labios, pero él permaneció tan inmóvil como una estatua. Lily se apartó de él–. Tengo que marcharme.

Hay mucho que hacer antes de que llegue la calabaza en forma de carroza.

La puerta de calle se cerró detrás de Lily. Ella lo amaba. Con una sensación de opresión en el pecho Rick se sentó al borde de la cama con la cabeza entre las manos. ¿Y si Lily tuviera razón? ¿Y si no fuera un insensible como su padre? Pero no, no podía correr el riesgo de hacerle daño.

El sonido del teléfono lo arrancó de su tristeza.

–Rick. Soy Kara. Estoy en la oficina y puedo entregarte los archivos de Alan.

–Voy para allá –dijo Rick, con el corazón desbocado.

Lily entró en casa. En la penumbra de la sala, una figura se levantó de la butaca.

–Mamá, me has dado un susto de muerte. ¿Qué haces aquí?

–Trent me llamó. Está preocupado por ti.

La madre era menuda, rubia y graciosa. A los cuarenta y cinco años Joann West todavía era una hermosa mujer.

–No debiste haber interrumpido tus vacaciones. Estoy bien.

–Lily, dime qué sucede. Trent dice que intentas ver a tu padre.

Lily recogió la caja de zapatos y se encaminó a su dormitorio con el vestido en el brazo.

–Trent habla demasiado. Voy a colgar esto.

–Es un vestido muy hermoso. ¿Te lo vas a poner para el baile de esta noche?

–Sí. ¿Y te explicó por qué voy al baile de Faulkner?

–Me habló del primo deshonesto de Rick y del Club Botánico, si a eso te refieres. Aunque también dijo que has estado pasando la noche fuera de casa y que demuestras un interés enfermizo por Ian Richmond.

Lily colgó el vestido en la puerta del armario y se volvió hacia ella.

–¿Estuviste enamorada de él?

–Sabes que sí.

–No puedo dejar de preguntarme si tu embarazo fue un accidente o intentaste atraparlo. Mamá, puedo entender que cuando uno ama a una persona haga todo lo posible por retenerla a su lado. Siento mucho todas las cosas horribles que te he dicho durante estos años.

–Cariño, lo comprendo –Joann West se sentó en la cama de Lily–. Tu padre fue mi primer amor. Mi primer amante –dijo con un suspiro–. Nos conocimos en el instituto. A Ian lo habían expulsado de su colegio privado, así que tuvo que matricularse en uno público. Parecía un príncipe paseando por los corredores, con sus conmovedores ojos oscuros y el espeso cabello negro. Tú y Trent os parecéis mucho a él.

–Siempre me lo he preguntado.

–Ian era muy distinguido y las chicas estaban locas por él. Mamá ya me había advertido contra los de su clase. Creo que mi falta de interés atrajo su atención, porque un día se ofreció a llevarme a casa y yo no me negué. Mi padre se enfadó mucho cuando me vio llegar en un coche elegante. Sin embargo, Ian me trataba como si fuera una princesa en lugar de la hija de un granjero. Siempre se sentaba a mi lado y me llenaba de atenciones.

–Sé lo que quieres decir –comentó, con un suspiro.

–¿Rick Faulkner te trata de la misma manera?

–Sí. Me hace sentir... especial. ¿Cómo te decidiste a dormir con mi padre?

–Ian y yo teníamos muchas cosas en común. Y un día me declaró su amor.

–¿Y no era cierto?

–No me amaba tanto como al dinero de su padre. Después de haber intimado durante varias semanas, dijo que iba a tener que dejar de verme o su padre se negaría a pagarle los estudios universitarios. Intenté quedarme embarazada porque pensé que un hijo lo haría feliz y ablandaría el corazón de su padre. Pero no lo logré.

–Lo siento –murmuró, luchando contra las lágrimas al ver el dolor de su madre.

–Durante un tiempo pensé que Ian cambiaría de opinión. Intencionadamente esperé hasta que fuera demasiado tarde para que me sometieran a un aborto y entonces se lo dije a mi padre. Me echó de casa. No tuve más remedio que acudir al padre de Ian. El señor Richmond me mandó al infierno. Le dije que ya me encontraba allí y que llevaba a su nieto en mi vientre. Me dijo que Ian se había marchado a Yale y que no iba a renunciar a su educación por mí. Entonces me ofreció dinero.

Lily se limpió una lágrima de la mejilla.

–Oh, mamá.

–Nunca había visto tanto dinero en mi vida, pero mi padre no quiso saber nada y me dijo que nunca llamara a su puerta. Mi madre no se opuso. Con ese dinero compré esta granja. Estaba suficientemente cerca de Chapel Hill de modo que Ian podría encontrarme si lo deseaba. Cuando volvió a casa nunca vino a verme –murmuró con lágrimas de tristeza. Lily la abrazó–. Cuando te llamaron bastarda me di cuenta de que Ian nunca volvería a mi vida. Trent y tú merecíais un padre. Poco más tarde conocí a Walt.

Lily le pasó un pañuelo.

–¿Lo amaste tanto como a mi padre?

–Nada se puede comparar al primer amor. Entre Walt y yo no había una gran pasión, pero era un hombre bueno y decente. Nunca me juzgó y siempre me trató como si fuera lo mejor que le había ocurrido en la vida.

–Fue un buen padre para Trent y para mí.

–Lo sé, pero también sé que siempre te preguntaste por qué tu verdadero padre no venía a verte. No era culpa tuya, Lily. Era culpa mía, porque intenté forzarlo. Nunca volvió, ni siquiera tras la muerte del viejo Richmond, cuando ya no podía desheredarlo. ¿Amas a Rick Faulkner como yo amé a Ian Richmond?

–Sí, deseo tanto estar con él que yo... –un sollozo cortó sus palabras.

Joann la estrechó entre sus brazos.

–Lily, cariño, no cometas el mismo error de tu madre. Si el hombre no se acerca voluntariamente, entonces no es para ti.

–Lo sé, mamá. Pero me temo que a Rick sólo le interesa la mujer que ha creado. Esta noche haré todo lo posible para lograr que sus sueños se conviertan en realidad... y tal vez los míos también.

–Entonces será mejor que nos pongamos en movimiento. No quiero que mi hija vaya al baile con los ojos hinchados y el pelo alborotado. Ve a ducharte.

Capítulo Diez

Una lágrima se deslizó por el pálido rostro de Kara.

–Aquí están –dijo al tiempo que le entregaba un montón de contratos.

–Gracias por tu ayuda, Kara –dijo Rick.

–Al principio no sabía lo que Alan estaba haciendo. Un día me pidió que corrigiera las cifras de un contrato alegando que la empresa exigía más dinero como condición para cerrar el trato. Pero cuando lo hizo una y otra vez, empecé a sospechar. ¿Cómo podía ser que tantas empresas verbalmente accedían a un trato y luego pedían miles de dólares más por firmar el contrato?

–¿Desde cuándo sabes esto?

–Desde hace un par de años. Hablé con Alan y me dijo que estaba guardando dinero para comprar una casa en la playa y escaparnos allí cuando quisiéramos estar solos. Pero cuando empezó a salir con Annabelle le pregunté qué sucedía con lo nuestro. Alegó que tenía que casarse con ella para complacer a su tío, pero que me instalaría en un lugar muy bonito y que no nos separaríamos. Quería convertirme en su amante –sollozó.

Rick no supo cómo consolarla. De pronto pensó que él no era mejor que su primo. Quería continuar con Lily, dormir con ella, pero no quería casarse. Demonios, tenía miedo de casarse, miedo de llegar a ser un bastardo insensible, igual a su padre. ¿Y si esa mañana la hubiera dejado embarazada? Rick comprobó con sorpresa que el pensamiento no le desagradaba. No temía ser padre, sólo temía ser un mal padre. ¿O tal vez quería que Lily conociera a otro hombre, se casara y tuviera hijos? Demonios, no. Como no sabía lo que eran los celos, no supo darle un nombre a la desagradable sensación que lo invadió.

–Rick, sabía que Alan actuaba mal así que saqué copias de todos los documentos. Ojalá hubiera hablado antes contigo, pero no lo hice pensando que rompería sus relaciones con Annabelle; pero el otro día hablaba por teléfono con alguien y, sin querer le oí decir que esta noche anunciaría su compromiso en la fiesta de tu padre –confesó con los ojos llenos de lágrimas mientras sacaba un documento del cajón–. Aquí tienes mi dimisión. Iba a entregarla el lunes.

–Lo siento, Kara.

La secretaria le puso el documento en las manos y se marchó.

Rick guardó los contratos en su cartera y salió de la oficina. Tenía que enseñárselos a su padre. Y luego tenía que decidir qué iba a hacer con Lily. Le importaba demasiado para dejarla marchar, pero le preocupaba demasiado pedirle que se quedara con él.

–Nunca te había visto más hermosa –dijo Joann West en tanto le acomodaba un rizo en la mejilla.

–Gracias, mamá.

En ese momento, sonó el timbre de la puerta y Trent fue a abrir.

Lily miró el pequeño bolso de fiesta recubierto de pedrería. El micrograbador se encontraba entre los cosméticos que su madre había insistido que llevara para retocarse el maquillaje.

Trent volvió junto a ellas con una expresión aturdida.

–Faulkner ha enviado un Rolls–Royce.

Carter lo seguía vestido de negro y con una gorra de chófer.

–Rick me pidió que te dijera que en la compañía de coches de alquiler ya no quedaban calabazas –informó con una sonrisa.

Lily también sonrió. Sí, como el cuento de la Cenicienta, pensó mientras se acercaba al magnífico vehículo del brazo de su supuesto chófer.

Cuando Carter hubo abierto la puerta trasera, Joann se acercó a despedirla.

–Si ves a tu padre...

–Le diré que se ha perdido una hermosa vida.

–Es cierto. Ha sido una buena vida, ¿verdad?

–Sí, mamá –respondió Lily, con sinceridad.

Trent abrió la puerta del acompañante y se dirigió a Carter.

–Di a Faulkner que si le hace daño tendrá que vérselas conmigo.

–Se lo diré –contestó Carter con una sonrisa–. ¿Nos vamos?

* * *

Cuando Carter se internó por el sendero circular de Briarwood Chase, Lily era un amasijo de nervios. Luego le abrió la puerta y la ayudó a bajar.

–Lily, esta noche dejarás a todo el mundo fuera de combate, pero lo más importante es que creo que al fin Rick ha encontrado a su compañera –afirmó antes de subir al coche y alejarse.

Sola frente a la mansión, Lily se aclaró el nudo de la garganta y enderezó los hombros.

En ese momento apareció Barbara, vestida con un atuendo en tono lavanda salpicado de pedrería y adornada con finísimas joyas.

–Lily, estás preciosa –exclamó al tiempo que le tomaba la mano–. ¿Dónde está ese hijo mío?

–Quedamos en reunirnos aquí, señora Faulkner.

–Barbara. Creí haberle enseñado mejores modales. Cuando lo vea le diré que has llegado. Muchas socias del club han preguntado por ti. Me temo que te van a asediar unos minutos. El salón de baile está allí –informó cuando llegaron al vestíbulo.

Lily saludó con la cabeza al padre que la miraba con el ceño fruncido y se quedó inmóvil en el umbral de la puerta. No tenía idea de que existían salones como ése, salvo en los castillos y en las películas. Relucientes candelabros pendían de lo arcos del techo abovedado. Una orquesta de doce músicos tocaba en el otro extremo del salón. Los camareros se afanaban en largas mesas adosadas a la pared, cargadas de manjares exquisitos. Otros circulaban entre los invitados con finas copas de cristal en bandejas de plata.

Rick no había llegado y Lily deseó desesperadamente que estuviera allí, pero en cambio distinguió al primo Alan con una mujer. Cuando entró en la sala, dos socias del club le salieron al paso. Mientras charlaban, Lily no perdía de vista a la figura vestida de esmoquin. Más tarde, se despidió de ellas con el compromiso verbal de dos contratos y se dirigió a su objetivo.

Alan Thomas era una versión deslucida de su primo. Su cuerpo era menos impresionante. Los cabellos no eran tan rubios ni los ojos tan azules. El mentón carecía de la fuerza del de Rick.

Lily esperó hasta que al fin la mujer que lo acompañaba se alejó de allí. Entonces se acercó, no sin antes haber puesto en marcha la grabadora.

–Hola, Alan.

Él se volvió y sus ojos le lanzaron una mirada impúdica.

–¿Nos conocemos?

–Personalmente, no. Has hecho negocios con mi hermano. Soy Lily West de la empresa Gemini Landscaping.

–¿Y a qué se debe tu presencia aquí? –preguntó, sorprendido.

–Barbara me invitó. Me voy a ocupar de su rosaleda.

–Ya veo. Ha sido un placer conocerte, Lila.

–Lily. La verdad es que quería hablar contigo acerca de nuestro contrato, Alan.

–Éste no es el lugar adecuado.

–Podríamos esperar hasta el lunes, si prefieres hablar con mi abogado.

–¿Qué dices?
–Las cifras no concuerdan.
Alan se puso rígido.
–Estoy seguro de que te equivocas.
–Yo no. Verás, hiciste que mi hermano firmara dos contratos y luego te negaste a darle una copia del segundo. Trent dice que miró rápidamente uno de ellos y pensó que las cifras no concordaban, pero tú le metiste prisa y no lo dejaste revisar a fondo los documentos. Me parece que tenías algo que ocultar.
–Te equivocas –replicó con una frialdad inaudita.
–Espero que sí porque eso es un delito, ¿no es verdad? –preguntó, con una encantadora sonrisa.
Alan se puso pálido y alzó la barbilla.
–No tienes pruebas.
–Entonces no te importará que llame a un inspector de delitos financieros o mejor, a la policía federal. Como no sé quién se encarga de este tipo de asuntos, mejor sería comunicarme con todos ellos.
–Me está haciendo perder el tiempo, señora West.
–No lo creo, pero si prefieres hablaré con tu tío –dijo y dio media vuelta.
–Espera. Comprendo tu preocupación. Podríamos discutirlo la próxima semana –murmuró con fingida sinceridad.
¿Después de haber conseguido el nombramiento como director ejecutivo de la empresa?
–No, prefiero que me des los cinco mil dólares que nos estafaste.

Alan le lanzó una dura mirada.

–Eso se puede arreglar.

–Me imagino que tu tío se ocupará de hacerlo puesto que odia la publicidad negativa.

–Nunca podrás probar tus acusaciones.

–¿Quieres apostar algo, Alan?

–¿Cuánto?

–¿Qué dices? –preguntó intentando ocultar su agitación.

–¿Cuánto quieres?

–¿Qué cuánto dinero quiero? –repitió intencionadamente para hacerlo hablar.

–Por tu silencio.

–¿Cuánto dinero estás dispuesto a pagar para que me olvide que intentaste engañarnos?

–Diez mil dólares –espetó con ojos llameantes.

Lily alzó las cejas.

–¿Ésa es tu mejor oferta? Estoy segura de que nuestro contrato no es tu único fraude. Me pregunto cuánto dinero de la empresa te habrás embolsado.

–Te ofrezco veinte mil.

–Empezamos a entendernos, aunque creo que después de todo voy a hablar con tu tío –puntualizó antes de dar un paso en dirección al señor Faulkner que se encontraba no lejos de allí.

Alan le aferró el brazo.

–Te daré cincuenta mil dólares para que mantengas cerrada la boca, y además garantizo que tu empresa se va a beneficiar de todos los contratos de Restoration Specialists en un futuro previsible.

Ella liberó el brazo.

–Trato hecho. ¿Cuándo dispondré de los cincuenta mil?

–Te enviaré un talón el lunes.

–Lo prefiero en dinero contante y sonante.

–De acuerdo –dijo Alan, secamente.

–Ha sido un placer negociar con usted, señor Thomas –se despidió Lily cuando el hombre se alejaba.

En ese momento con el rabillo del ojo vio a la figura de un señor alto, de pelo oscuro. Con la garganta seca, intentó captar todos los detalles de ese hombre. Era su padre.

–¿Dónde está Lily? –Rick preguntó a su madre tras besarla en la mejilla.

–Está allí, con Alan.

Rick volvió la mirada en la dirección que le indicaba y se quedó sin aliento. Lily resplandecía como un rubí en una estancia llena de cristales de cuarzo.

–Llegas tarde –regañó su padre.

–Yo también me alegro de verte, papá. Necesito hablar contigo en privado antes de que hagas tu anuncio.

–Entonces tendrá que ser ahora mismo porque ya no hay tiempo. Tu madre ha pedido a los camareros que preparen las copas de champán.

–Tengo unos documentos que debes ver antes de nombrar a tu sucesor. Vamos al estudio.

Barbara le puso una mano en el brazo.

–Ricky, por favor no habléis de negocios esta noche.

–No voy a estropearte la fiesta, mamá, lo prometo.

Cuando entraron en el estudio, Rick abrió la cartera sobre el escritorio de su padre y ordenó los archivos en dos montones.

–Tienes cinco minutos. El senador llegará de un momento a otro y quiero recibirlo en la puerta. Y cuando termines aquí, ve al salón y elige una novia adecuada. Necesitas una mujer que disponga de bienes e influencias que ayuden a promover tu carrera, una mujer que sepa servir una cena y atender a tus clientes. Lily West no es de tu clase social. No es nadie en esta comunidad.

Rick apretó los dientes.

–Ya hablaremos de eso. Y ahora escúchame, papá. Hace dos años que Alan se ha estado embolsando dinero de la empresa.

–¿Qué dices? ¿Por qué intentas empañar su nombre? ¿Tanto temes que lo prefiera como director para tener que rebajarte al engaño?

Rick ocultó su rabia.

–Tengo pruebas. Kara me entregó los contratos; los originales y las versiones manipuladas. Si te tomas la molestia de compararlos verás que Alan ha estado robando una media de cinco mil dólares en cada contrato.

–No te creo. Alan es de la familia. Yo le di trabajo a ese chico.

–Si eres tan estúpido como para dejar la empresa en manos de un hombre que te ha estado esquilmando, es cosa tuya. Pero como valoras el dinero más que a las personas cabe esperar que prestes atención a estas pruebas antes de tomar una decisión.

–¿Por qué dices que valoro más el dinero que a las personas? –preguntó en tanto lo miraba con los ojos entornados.

–Porque no pagaste el rescate.

Rick se maldijo. Sus emociones no tenían lugar esa noche. No se trataba de él. Se trataba de salvar la empresa de su abuelo.

–¿Quién te dijo eso?

–Los sirvientes murmuran. Volviendo a la empresa...

–Olvida la maldita empresa por un minuto –ordenó al tiempo que le tomaba los brazos y lo sacudía–. Si pensabas eso, ¿por qué no me lo preguntaste directamente?

–Porque no estaba muy seguro de que me alegrara tu respuesta –Rick tragó saliva y se pasó una mano por el pelo–. ¿No valía la pena pagar medio millón de dólares por tu hijo?

Con las manos apretadas, Broderick le dirigió una mirada cargada de tristeza.

–Hijo, me negué a pagar el rescate porque el agente del FBI me dijo que entregar el dinero sería lo mismo que ponerte una pistola en la sien. Cuando los secuestradores lo tuvieran en sus manos no habría ninguna razón para dejarte con vida. Así que esperé rezando cinco días de pura agonía. Ricky, fue la decisión más difícil que he tenido que tomar en mi vida. ¿Y si me equivocaba? No sabía si podría vivir conmigo mismo si te sucedía algo y tu madre nunca me lo habría perdonado. Eras y sigues siendo su mundo. Y para mí también.

–Si tanto me querías, ¿por qué te alejaste de mí después del secuestro? ¿No sabes cuánto necesité que me abrazaras cuando la policía me trajo a casa?

La agonía en la cara de su padre le hacía parecer diez años mayor.

–Cuando arrestaron a esa perra con su cómplice, dijo que mi amor tan evidente fue lo que te convirtió en un blanco fácil. A partir de ese momento me juré que nunca demostraría mi amor ni a ti ni a tu madre para no poneros en peligro. No podría... –la voz se le quebró–. No podría volver a perderte –prosiguió más sereno en tanto ponía tímidamente una mano en el hombro de Rick–. Te quiero, hijo, y siempre he estado orgulloso de ti, pero tenía miedo de lo que te podría suceder si te lo demostraba. Intentaba protegerte.

–Ojalá lo hubiera sabido –murmuró Rick, con un nudo en la garganta.

–Y la razón por la que te he presionado para que elijas a una mujer adecuada, no necesariamente una que puedas amar, es para impedir que te rompan el corazón. El amor nos hace vulnerables.

–También nos hace fuertes, papá.

–Sí, supongo que sí –convino antes de abrazarlo por primera vez en veintinueve años–. Te quiero, hijo mío.

Rick abrazó estrechamente a su padre.

–Yo también te quiero, papá –dijo al tiempo que se pasaba una mano temblorosa por el mentón–. Necesito encontrar a Lily.

Broderick le dio unos golpecitos en la espalda.
–Tienes que estar seguro de tu elección, Ricky.
–La amo –replicó y las palabras le sonaron bien; pero era necesario que se lo dijera a la dama en cuestión–. Y estoy decidido a demostrarle mi amor durante el resto de mi vida.

Sonrojada de excitación por su éxito con Alan, Lily buscó a Rick. De pronto vio a su príncipe de cabellos dorados, maravillosamente apuesto y elegante en su esmoquin negro. En ese momento entraba al estudio con su padre. Lily los siguió. Tras las puertas cerradas se oían voces masculinas. Entonces alzó la mano para llamar.
–Cuando termines aquí, ve al salón y elige una novia adecuada. Necesitas una mujer que disponga de bienes e influencias que te ayuden a promover tu carrera, una mujer que sepa servir una cena y atender a tus clientes. Lily West no es de tu clase social. No es nadie en la esta comunidad.
La voz del señor Faulkner detuvo su mano a centímetros de la puerta. Lily se sintió desfallecer. Una bastarda sin historia no era suficientemente buena para el hijo. Si quería un futuro junto a Rick, tendría que enfrentarse a su padre y pedirle que la reconociera como su hija. La hija de Ian Richmond sí que sería alguien en la comunidad.
Lily volvió al salón y detuvo a un camarero.
–Por favor entregue esto al señor Faulkner. Es de suma urgencia. En este momento está con su padre en el estudio –Lily le entregó la cinta.

–Sí, señora –dijo el joven y se encaminó a la biblioteca.

Lily respiró a fondo y se encaminó hacia Ian Richmond. Su padre. ¿Cuántos años había soñado con ese encuentro? Tal vez la abrazaría y le diría que a partir de esa noche procuraría recuperar el tiempo perdido.

Como Joann había dicho, Ian era muy apuesto, alto, de cabellos oscuros, aunque tenía el aspecto disoluto de una estrella de cine que abusaba de las fiestas. Parecía un jeque rodeado de su harén. Una de las mujeres, abrazada a él, presionaba sus pechos casi desnudos sobre la camisa del esmoquin, con algunos botones abiertos. La chica podría haber sido su hija. Otra joven le sostenía el plato y otra, la copa. Las mujeres competían por llamar su atención y él besaba a una con los ojos fijos en el escote de otra.

Lily sintió que se le revolvía el estómago. Al acercarse un poco más, notó que estaba bebido, pero no lo suficiente para no notar que otra cierva se incorporaba al rebaño. Ian alzó la vista y le dirigió una sonrisa maliciosa que de inmediato desapareció de su boca.

–Señoras, disculpadme un momento, por favor.

Cuando las mujeres se hubieron retirado, Ian cruzó los brazos sobre el pecho y le lanzó una mirada desdeñosa.

Lily luchó por sacar la voz.

–Soy Lily W...

–Sé quién eres –interrumpió–. ¿Qué quieres?

¿Dinero? Tu madre ya se llevó todo el dinero que logrará sacar a los Richmond.

Lily miró fijamente al hombre que durante largos años había sido su héroe. Y sus sueños se hicieron añicos.

–No eres lo que esperaba.

Él alzó una ceja.

–¿De veras? ¿Y qué esperabas ? –preguntó, aburrido.

El dolor de Lily se transformó en ira.

–No a un playboy disoluto rodeado de un harén de mujeres que podrían ser sus hijas. Verás, Ian, casi toda mi vida he luchado por llegar a ser alguien que tú quisieras como tu hija, y de la cual te sintieras orgulloso. Pero ahora no estoy segura de desear que seas mi padre –dijo luchando contra las lágrimas–. Incluso, me atrevería a decir que me avergüenzo de llevar tu sangre en las venas. Después de seducir a mi madre te ocultaste tras los faldones de tu papaíto. Eres un cobarde. Cobarde e inmoral.

–Calla esa bocaza de baja ralea...

Lily no esperó a oír más. Giró sobre sus talones y se precipitó hacia las puertas acristaladas que daban al jardín.

Mientras corría entre los rosales pensaba desesperadamente que había sido una estúpida por creer que el cuento de la Cenicienta podría haberse convertido en realidad. Rick se sentía atraído hacia la mujer que había creado. Y esa mujer no era ella. Ella era Lily la paisajista. Una chica que no formaba parte de la elite de Chapel Hill.

En su frenética carrera, Lily se detuvo para

lanzar las incómodas sandalias en el césped húmedo y siguió corriendo descalza cada vez más lejos de la mansión, las luces y la música.

Afortunadamente, la brisa fría de septiembre había alejado a los invitados del cenador situado en la parte trasera de la propiedad.

Lily subió la escalinata, se acurrucó en el rincón más oscuro y dio rienda suelta a su dolor.

Capítulo Once

Ansioso por encontrar a Lily , Rick abrió la puerta del estudio.

–¿Señor Faulkner? –preguntó un camarero.

–Sí.

–Una señora me pidió que le entregara esto. Dijo que era urgente.

–Gracias.

Rick cerró la puerta y puso en marcha la grabadora. La voz de su primo llenó la habitación.

Cuando hubieron oído la grabación completa, Rick le tendió la cinta a su padre.

–La mujer que crees que no es adecuada para mí es la que llamó mi atención sobre las actividades ilícitas de Alan y la que se ha puesto en una situación muy incómoda para obtener esta prueba contra él. Los archivos son más que convincentes, pero gracias a esta cinta, Alan no podrá culpar a nadie por lo que ha hecho. Y ahora voy a buscar a Lily.

Rick dejó a su padre con los ojos clavados en la grabadora.

Al llegar al salón, vio a Lily en un rincón con el playboy más famoso de Chapel Hill. Esa vez no le costó nada identificar la desagradable emoción que se apoderó de él. Estaba celoso.

Cuando empezaba a acercarse a ellos, vio que Lily daba media vuelta y se precipitaba hacia las puertas de cristal que daban al jardín.

Entonces se enfrentó a Richmond.

–¿Qué diablos le has dicho?

–¿Lily? Olvídala. Es otra perdedora de baja estofa en busca de dinero.

–Tú lo sabes muy bien, Richmond, porque el dinero es la única razón por la que las mujeres te soportan –espetó antes de girar sobre sus talones y marcharse.

El bastardo mentía. Lily era la mujer más honrada y sincera que jamás había conocido. Sea lo que fuere que quería de Richmond, no era su dinero ciertamente.

Rick se internó por el jardín y muy pronto descubrió las huellas en el césped húmedo y más tarde los zapatos de Lily.

Tras recogerlos, se internó por la rosaleda de su madre hasta llegar al cenador, bañado por la luz de la luna.

Un llanto ahogado llegó a sus oídos.

–¿Lily?

No hubo respuesta. Rick entró en la estructura octogonal y muy pronto sus ojos se acostumbraron a la oscuridad. Lily estaba acurrucada en un rincón. Rick se arrodilló frente a ella y la tocó. La piel estaba fría. Entonces se quitó la chaqueta y se la puso sobre los hombros.

–¿Qué te ha dicho ese borracho mujeriego? Si te ha puesto una mano encima, yo...

–No lo hizo. Rick, tu padre tiene que escuchar la cinta. Es una prueba incuestionable para convencerlo de que Alan no debe hacerse cargo de la empresa.

La voz llorosa le llegó al corazón.

–Gracias por lo que has hecho. La cinta y los contratos que me entregó nuestra secretaria no dejan la menor duda sobre la culpabilidad de Alan. A partir de ahora, lo que mi padre decida hacer con la información es cosa suya. ¿Qué sucedió, Lily?

Rick se sentó junto a ella y le pasó el brazo por los hombros.

–Vuelve a la fiesta, Rick, y elige a una mujer adecuada para ti antes de que tu padre te deje sin el puesto por el que has luchado veinte años. Haz que te elija a ti –le pidió. Maldición. Estaba claro que Lily había oído las palabras de su padre–. Pensé que podía ser la mujer que querías. Pero no es así. No pertenezco a tu mundo –Lily se estremeció bajo la chaqueta.

–Sí que perteneces. Eres la mujer más hermosa de la fiesta.

–Rick, ¿es que no te das cuenta? Ésa no soy yo. Mañana tendré que volver a los tejanos y a la suciedad, no importa quién sea mi padre... –Lily se calló de golpe.

–¿Tu padre? ¿Qué tiene que ver con nosotros?

Con un suspiro, Lily alzó la vista.

–La razón principal por la que vine a la fiesta es porque quería ver a mi padre. Quería convencerlo de que admitiera su paternidad para poder ser una chica de tu clase social.

Al instante se hizo la luz en la mente de Rick.

Los mismos ojos y cabellos oscuros, más alta

que el común de las mujeres. Ian Richmond, el hombre más opulento de Chapel Hill era el padre de Lily. ¿Entonces lo había utilizado como instrumento para acercarse a su padre y sacarle dinero mientras él se enamoraba como un estúpido?

–¿Quién es tu padre? –preguntó, con los puños cerrados.

–No tiene importancia. Es un imbécil y lamento haberlo conocido –dijo luchando contra las lágrimas–. Llámame estúpida, pero sólo por una vez quise oírle decir que estaba orgulloso de mí. No quiero su maldito dinero. Sólo quería su amor. ¿Qué pasa conmigo? ¿Por qué no puede quererme? ¿Qué he hecho de malo?

La duda que torturaba a Rick se desvaneció de inmediato. Ella podría haber probado y conseguido que Richmond admitiera su paternidad de varias maneras, pero no lo había hecho. Igual que él, lo único que siempre había deseado era el amor de su padre.

Rick se acercó a ella y la estrechó en sus brazos.

–No has hecho nada malo. Observa a la mujer en que te has convertido sin su ayuda. Eres fuerte, inteligente y copropietaria de una empresa. Eres franca, dulce y no adulas a nadie. Y yo estoy enamorado de esa mujer, Lily –declaró. Ella dejó escapar una exclamación ahogada y la esperanza iluminó su mirada–. Si tu padre hubiera participado en tu vida no serías la mujer con la que quiero compartir el resto de mis días.

Pero ella negó con la cabeza.

–No me voy a interponer entre tú y la empresa, Rick.

–Restoration Specialists es sólo una compañía. Puedo llevar a cabo el legado de mi abuelo en cualquier otra parte –dijo Rick, al tiempo que apoyaba una rodilla en el suelo. Luego le tomó la mano izquierda y besó la sortija de rubíes–. Cásate, conmigo. Hagamos que este compromiso sea auténtico.

El amor en los ojos de Rick la hicieron temblar de pies a cabeza.

–No lo comprendes. No tengo influencias sociales. No sé servir una mesa ni atender a los invitados. Necesitas una esposa que te ayude en tu carrera, no un lastre.

Rick se puso de pie y le rodeó las mejillas con las manos.

–Necesito una esposa que me quiera. Te necesito, Lily. Tú me amas y me has enseñado a amarte.

Lily pensó que Rick merecía saber toda la verdad.

–Rick, ese borracho mujeriego que mencionaste es mi padre.

–Ya lo había adivinado, Lily. Él no sabe que eres una mujer maravillosa. Mi mujer.

–No quiero que te sientas obligado por lo que sucedió esta mañana. Si hay un bebé... no te pediré nada.

Rick respiró a fondo y puso la mano sobre el vientre de la joven.

–He pensado en ello. Y quiero a mi bebé dentro de ti –dijo y luego la besó en la sien–. Quiero que formemos una familia y quiero envejecer junto a ti

–añadió. Antes de que ella pudiera responder, la boca de Rick buscó la suya y la besó apasionadamente mientras sus manos se deslizaban por las cintura, las caderas y luego se posaban en sus pechos–. Quiero hacer el amor, contigo. Aquí y ahora.

–Yo también lo deseo.

–Si hacemos el amor, es posible que también hagamos un bebé. ¿Estás dispuesta a arriesgarte? Porque quiero que sepas que nunca te dejaré marchar a ti ni a nuestro hijo.

–Me arriesgaré.

–¿Estás segura, Lily? Si mi padre ha elegido a Alan no me quedaré en la empresa y te vas a comprometer con un arquitecto sin empleo.

Ella sonrió con ternura.

–No sabes cuánto he deseado que fueras sólo un simple arquitecto y no un multimillonario. Tal vez habría sido más sencillo ganarme tu amor.

–Tendrás que casarte conmigo cuanto antes. No esperaré más de una semana –dijo antes de hundir la nariz entre su cuello y el hombro.

Ella se obligó a abrir los ojos y captó la mirada azul llena de pasión y de amor.

–Te amo, Rick. Quiero tener hijos tuyos y envejecer junto a ti.

–Una buena respuesta –dijo con una sonrisa y una mirada llena de pasión.

Entonces le levantó la falda del vestido hasta que sus dedos acariciaron su cálida intimidad. El placer se alojó en el vientre de la joven y le debilitó las rodillas.

–Desvísteme –pidió Rick, con la voz enronquecida.

Los dedos de Lily se afanaron en su ropa. Al fin se detuvieron un largo instante acariciando el miembro viril hasta que Rick se echó hacia atrás con un gemido. Sus manos se apoderaron de los glúteos de la joven, la sentó en sus rodillas y penetró en lo más hondo de su cuerpo. Las manos de Lily recorrían su cara, el pelo, los amplios hombros cuando de pronto sintió que se rompía en mil fragmentos y se desplomó contra el pecho de Rick que había llegado al clímax segundos antes que ella. Él la mantuvo abrazada hasta que ambos se calmaron.

Se amaban. Todo parecía demasiado bueno para ser verdad.

–¿Rick, estás seguro de mí, de ti, de esto?

Él indicó los cuerpos todavía unidos.

–Nunca he estado más seguro de algo en mi vida –declaró al tiempo que acariciaba sus brazos y luego se ponía de pie–. Tu piel está muy fría. Debemos volver.

–Rick, mi maquillaje se ha esfumado.

Rick le besó la punta de la nariz.

–Entraremos por la puerta trasera para arreglarnos un poco.

Rick le puso las sandalias, la chaqueta sobre los hombros y la tomó en brazos.

Muy pronto llegaron a la cocina.

–Señorito Rick, su padre lo ha estado buscando por todas partes –lo regañó Consuela.

–Dígale que estaremos con él en diez minutos.

Rick condujo a Lily a su antiguo dormitorio. Se arreglaron en el cuarto de baño y luego bajaron al salón.

–Ya era hora. Te estábamos esperando –dijo el padre con impaciencia cuando Rick entró llevando a Lily de la mano.

Luego, junto a Barbara subió a un pequeño estrado. En ese momento la orquesta dejó de tocar y los camareros sirvieron champán a los invitados.

Cuando hubieron terminado, Broderick se acercó al micrófono.

–A lo largo de los años he aprendido que la dirección de una empresa y la vida misma guardan muchas semejanzas. Las apariencias pueden ser engañosas y es necesario luchar por aquello en lo que se cree. Para sacar adelante una compañía tan grande como la nuestra, un hombre necesita el apoyo de una mujer fuerte. Una mujer que no tema luchar con él o por él. Mi primer brindis es para mi esposa, Barbara, el amor de mi vida. Una mujer que me ama a pesar de todas mis imperfecciones –Broderick alzó la copa y los labios de Barbara se curvaron en una sonrisa que Rick no había visto desde su niñez–. Ahora quiero que Rick acerque a Lily al estrado.

Rick la miró a los ojos y vio un destello de pánico.

–¿Lista?

Ella alzó la barbilla y cuadró los hombros.

–Lista.

–¿Sabes? Esta noche soy la envidia de todos los hombres que están aquí –murmuró al tiempo que subían las gradas. Ella sonrió, incrédula.

–Quiero brindar por mi hijo que ha tenido el buen juicio de encontrar a la compañera adecuada, una mujer de firme carácter –dijo Broderick mientras le tendía la mano a Lily. Tras lanzar una mirada sorprendida a Rick, la joven puso la mano en la del padre–. Y mi último brindis es por Lily West. Bienvenida a la familia Faulkner, Lily. Has probado con creces que serás una valiosa colaboradora para mi hijo Rick Faulkner, el nuevo director ejecutivo de Restoration Specialists Incorporated.

Durante unos segundos Rick quedó aturdido por la sorpresa y luego atrajo a Lily hacia su cuerpo y la besó en la boca. Entonces tocó su copa con la de ella y le devolvió una sonrisa llena de amor.

–Por nuestro futuro, Cenicienta.

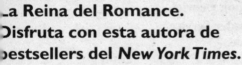